恋愛指導は社長室で

～強引な彼の甘い手ほどき～

m a r m a l a d e b u n k o

沙紋みら

JN249991

マーマレード文庫

目次

恋愛指導は社長室で
～強引な彼の甘い手ほどき～

PARTⅠ　本日、奈落の底に落ちました……6
PARTⅡ　意地っ張り女の苦悩……42
PARTⅢ　涙色のファーストキス……89
PARTⅣ　愛を知ったカラダ……135
PARTⅤ　苦しい嘘とトラウマ……178
PARTⅥ　なんちゃって花嫁の奮闘……221
PARTⅦ　愛するが故の決断……258

PARTⅧ　幸せのピンクバタフライ・・・・・・302
あとがき・・・・・・・・・・・・・・・・・・350

恋愛指導は社長室で

～強引な彼の甘い手ほどき～

PARTⅠ　本日、奈落の底に落ちました

「お前……処女だったのか……？」

これは、突然視界に飛び込んできたディレクターズスーツを品よく着こなした人物が発した言葉。

そのデリカシーのない一言を聞いた瞬間、大げさではなく、本気で人生が終わったと思った。

＊＊＊

——事の始まりは、三日前。

私は完全に浮かれていた。その理由は、半年前にこっそり入会した結婚相談所から紹介された男性に『結婚を前提にお付き合いしてください』と言われたからだ。

八人目にしてようやく理想の男性に出会うことができ、なんとか婚約までこぎつけ

たのだ。

私の結婚を心待ちにしている両親にも結婚を考えている人が居るので、近々実家に連れて行くと報告し、正に幸せの絶頂。二十九歳にしてようやく人生の春を迎えていた。なので、いつもなら絶対に許せないと思うようなことも余裕で受け流すことができる。

その恩恵を一番受けているのは、間違いなく目の前に居る我が社の社長、黒澤《くろさわ》隼人《はやと》だろう。

私が勤めているフィールデザイン事務所は、東京、赤坂にある地上三十階建てのオフィスビル内に事務所を構え、企業のホームページの企画制作やロゴマーク、またノベルティやパッケージデザインなどのグラフィックデザインから空間デザインまで幅広く請け負っている。

規模で言えば、まだ中堅のデザイン会社だが、近年、業績は右肩上がりで業界内での将来性は群を抜いている。そんな成長著しい会社のリーダーが、弱冠三十四歳の黒澤社長なのだ。

もちろんこの若さで同業他社から注目されているのだから仕事はできる。

一度請け負った仕事は利益の薄いものでも絶対に手を抜くことはないし、常にクライアントファーストだ。

その理念は社員にも徹底されていて、結果、フィールデザイン事務所はクライアントの信頼を得、リピートが増え急成長することができた。

そんな彼の仕事に対する真摯な姿勢は素晴らしいと思うし、尊敬もしている。私も彼の秘書として頑張らなければと日々精進しているのだが……この黒澤社長、仕事以外は全く尊敬できない。

他の社員の前では喜怒哀楽をあまり見せず、常に凛《りん》とした態度で接しているからクールな印象を持たれているけれど、私とふたりきりの時はその態度が一変する。

私が真剣に話をしていても、茶化したり揚げ足を取ったりと常に神経を逆撫《さかな》でするような態度を取るし、憎まれ口は日常茶飯事。仕事に関係のないことまであれこれ詮索して口を出してくる。

つまり、人をイラつかせる天才なのだ。

そして私を一番苛立《いらだ》たせるのは、黒澤社長のプライベートに関すること。

今朝も出社して社長室のドアを開けた瞬間、室内にフローラルの甘い香りが微《かす》かに漂っていて、一瞬足が止まった。

この香りは、若い女性に人気のある有名ブランドの香水だ。

こんなことが月に一、二回ほどある。そして今日は更にレザーソファの隅にサファイアのイヤリングが落ちていた。

――絶対に女性を連れ込んでいる。

いつもなら、仕事にプライベートを持ち込まないでくれと食って掛かるのだけれど、今日の私は慈悲深く実に寛大だ。デスクの上に静かにイヤリングを置き「相変わらずお盛んですね」と余裕の笑顔。

「んっ？　なんだこれ？」

キーボードを打つ手を止めた黒澤社長がイヤリングを長い指で摘《つま》み、こちらに視線を向ける。

「イヤリングです」

「そんなの見れば分かる」

分かっているなら聞かないほしいと思いながら、入り口近くの自分のデスクに腰を下ろして顔を上げると、訝《いぶか》しげな顔をした黒澤社長が探るような目で私をジッと見つめていた。

「それだけか？　今日は女を連れ込むなって怒らないんだな」

まるで私に怒られたいような口ぶりだ。

しかしご希望通り怒ったところで自分のことを殆《ほとん》ど話さないのだから、女性を連れ込んだことを認めて素直に反省するとは思えない。いつものようにのらりくらりとはぐらかし、うやむやにされるのが関の山。そのくせ私のプライベートは詮索したがる。本当に自分勝手な人だ。

「嬉《うれ》しいことがございましたので、今日は大目に見ます」

意味ありげに返すと、案の定、黒澤社長が前屈《かが》みになって食い付いてきた。

「嬉しいことってなんだ？」

その言葉を待ってましたとばかりに胸を張り、声高らかに宣言する。

「結婚が決まりました」

そしてしてやったりの笑顔で黒澤社長を正視した。

私、新垣《にいがき》沙良《さら》が結婚相談所に登録してまで結婚を急いだのには、ふたつの理由があった。ひとつは、実家の両親や兄から三十歳になるまでに絶対結婚しろときつく言われていたから。いや、きつくというレベルではない。あれは、ほぼ脅しだ。

両親と兄は共に早婚で、兄には高校生の娘が居る。その姪《めい》っ子が高校を卒業したのと同時に結婚すると連絡があったのだ。

正直、焦った。姪にまで先を越されるようなことになれば、叔母としてのプライドはズタボロ。これは由々しき問題だ。

そしてもうひとつの原因が黒澤社長だった。

私はしつこくプライベートを詮索してくる黒澤社長に見栄《みえ》を張り、自分にはハイスペックな彼氏が居ると四年に亘《わた》り嘘《うそ》をつき続けてきたのだ。それには未《いま》だに男性経験がないという事実を隠す意図もあった。

そう、私は二十九歳にしてまだキスもしたことがない、正真正銘の清い乙女なのだ。

すると黒澤社長は『彼氏に会わせろ。俺が品定めしてやる』と言い出し、私が想像で作りあげた架空の彼氏について根掘り葉掘り聞いてくるようになった。

初めのうちは適当に誤魔化していたが、徐々に黒澤社長の追及が厳しくなり引くに引けなくなった私は、一刻も早く彼にハイスペックな彼氏を紹介しなければ……と追い詰められていく。

そんな時、結婚相談所から紹介されたのが、京都に本店がある老舗呉服店の若旦那。男性にしては線が細く頼りない感じはしたが、優しそうな人で好感が持てた。

その彼から『結婚を前提にお付き合いしてください』という言葉を聞いた時は嬉しくて天にも昇る思いだった。

その流れからの『結婚が決まりました』だったのだけれど、その言葉を口にした瞬間、なぜか黒澤社長は神妙な顔をして「そうか……」とだけ言うと再びキーボードを打ち始める。

面白がってあれこれ聞いてくると思っていただけに、その薄いリアクションに拍子抜けしたが、結婚が決まったことを伝えられただけで私は大満足だった。

そして翌日の夜、婚約者と銀座の和食の店で夕食を済ませ、彼の愛車の国産高級車で三十分ほどドライブを楽しんでから自宅マンションまで送ってもらったのだが、その時、事件が起きた。

落ち着いたスローバラードが流れる車内でふたりの未来を語る彼。ロマンティックな雰囲気に緊張気味の私は俯《うつむ》いたままその話を聞いていた。

『しかし僕はラッキーな男だよ。こんなに美しくて素敵な女性と出会えるなんて、本当に夢みたいだ』

『そ、そんな、美しいだなんて言い過ぎです』

『いや、全然言い過ぎじゃない。君のようなスレンダーで背の高い女性は大柄な着物がよく似合う。僕が求めていた若女将《おかみ》像にピッタリだ』

長きに亘り黒澤社長に神経を逆撫でするようなことを言われ続け、褒められることに慣れていなかったから、こんな風に絶賛されるとどんなリアクションを取っていいいのか分からない。

照れて再び下を向いた時、重低音のエンジン音とスローバラードのメロディーが止まり、突然彼の左腕が私の背中と座席シートの間に割り込んできた。

えっ……と思った次の瞬間、肩を抱かれ強引に引き寄せられる。そして彼の切羽詰まった声が聞こえてきた。

『僕達は結婚するんだ。いいだろ？』

『あっ……』

頭では分かっていた。結婚を前提にとは、こういうことなのだと。でも、彼の顔が近付いてくるとなぜか背筋に冷たいものが走り、鳥肌が立った。

『いっ、いやーっ！』

静かな車内に私の叫び声が響き、その直後、鈍い音と共に細身の彼の体が吹っ飛ぶ。

運転席のドアに激突した彼は私の右ストレートが綺麗《きれい》に入った頬を手で覆い、目玉をひん剝《む》いて放心状態。

『嘘……だろ？』

『あ……大丈夫ですか……？』

私も嘘だと思いたかった。できれば悪い夢であってほしい。しかしこれはまぎれもない現実。

それからのことはあまり記憶にない。覚えているのは『ごめんなさい』と連呼していたことと、転げ落ちるように車を降りたことだけだ。

その夜は自己嫌悪で一睡もできなかった。

翌朝、土曜日で休日だった私は勇気を振り絞って彼に電話をし、会ってほしいとお願いした。

ちゃんと会ってあの一撃は私の本意ではないことを伝え、もう一度、謝るつもりだった。

了承してくれた彼が指定したのは、ホテル一階のティーラウンジ。そこでじっと下を向いたまま待っていると、左頬を腫らした彼が現れ、私の前の席に座るや否や不機嫌さを隠すことなく、衝撃的な言葉を吐き出す。

『今回は縁がなかったってことで……別れてくれ』

『えっ、別れる……？』

『まさか……君、僕を殴っておいてまだ結婚する気でいたの？』

昨日までの優しい彼とは別人のような冷淡な眼差《まなざ》しに、一瞬怯《ひる》む。が、破談だけはどんなことがあっても避けたい。その一心でひたすら謝り続けていると彼が大きなため息をつき、気怠《けだる》そうに話し出した。

『君と付き合うことになった時、今まで誰とも付き合ったことがない、男性経験もないと告白されて、今時そんな貞操観念のある娘《こ》は珍しいなと好感を持ったよ。でも、君はもう二十九歳だ。いい歳《とし》をしてキスくらいであんなに大騒ぎするなんてどうかしている。ましてや暴力を振るうなんて……そんな女性とは、恐ろしくて結婚できない』

そして彼は、結婚相談所には破談になったと連絡しておいたと言って立ち上がる。

『そんな……』

絶望の二文字が頭を掠《かす》め、この段階で精神的ダメージはかなりのものだった。しかし私にとっての本当の地獄はここからだったのだ。

彼が去ったことで彼の後ろに居たディレクターズスーツを着た人物が視界に入り、ガッツリと目が合う。

『ななな、なんで……？』

それは、婚約破棄を遥《はる》かに上回る衝撃だった。だってその人物は、私が勤めるデザイン事務所の社長、黒澤隼人だったから。

この現実を認めたくなくて一心不乱に首を左右に振るも、大きく目を見開いた彼は容赦ない一言を私に浴びせる。

『お前……処女だったのか……？』

一番知られたくないことを、一番知られたくない人に知られてしまった。

あぁ……私の人生、終わった……。

半分意識が飛んだ状態で放心していると、黒澤社長は去って行った彼が座っていた椅子に断りもなくドカリと座り、怪しげな笑みを浮かべる。

「しかし驚いたなぁ～、あんなにリア充《じゅう》を自慢していたお前が、まさか今まで誰とも付き合ったことがなかったなんて……ホント、ビックリだよ」

「ぐっ……」

言い返す言葉が見当たらず、悔しくて唇を噛《か》む。

でも、どうして黒澤社長が休日の昼間に正装して、ホテルのティーラウンジで呑気《のんき》にお茶してるのよ？

その最大の疑問を口にすると、黒澤社長は上着の襟を摘み両方の口角を上げる。

「これからこのホテルで結婚式なんだ」

「えっ、黒澤社長、結婚するんですか？」

「バーカ、俺じゃない。いとこが結婚式を挙げるんだ。まだ少し時間があったからここで時間を潰していたんだが、早く来て良かったよ。いい話が聞けた」

全然良くない。なんで時間ギリギリに来ないのよ！

魂が抜けるような大きなため息をつき、上目遣いで黒澤社長を睨《にら》む。すると彼がとんでもないことを言い出した。

「なぁ、何も知らないのなら、俺が男のことや恋愛のこと、色々教えてやろうか？」

「はぁ？　冗談はやめてくださいっ！」

「冗談なんかじゃない。週明けからお前に恋愛の指南をしてやる」

そう言うとダークブラウンの髪を長い指でかき上げ、切れ長の目を細めニヤリと笑う。

羞恥と動揺で何も言えなくなった私を暫《しばら》く嬉しそうに眺めていた黒澤社長だったが、腕時計に目をやると慌てて伝票を持って立ち上がる。

「あ、それは私の……」

「奢《おご》るよ。いい話を聞かせてもらったお礼だ」

あぁ……神様、これはいったい、なんの罰なの？

伝票を持った右手をヒラヒラさせ去って行く黒澤社長の後ろ姿を虚《うつ》ろな目で追いつつ、自分はどんな罪を犯してしまったのだろうかと考えていた。

＊　＊　＊

壁一面のフィックス窓から見えるのは、春霞《はるがすみ》に煙《けぶ》る白い空と連なるビル群。仕事の手を止めその見慣れた景色をぼんやり眺めていると、自然にため息が漏れる。

衝撃の婚約破棄から十日が過ぎ、気持ちは少し落ち着いてきたものの、心の傷が完全に癒《い》えるにはまだ時間がかかりそうだ。

あの日以来、黒澤社長に弱みを握られた私は彼に逆らうことができず、恋の指南とやらを受ける羽目に。しかし指南とは名ばかりで、完全に黒澤社長が理想としている女性像を私に押し付けようとしているだけだ。

この拷問、いつまで続くんだろう……。

再びため息をつき壁の時計に目をやれば、もうすぐ午後四時。

「そろそろ戻って来る時間だ」

そう呟《つぶや》いた直後、社長室のドアが開き黒澤社長が定例会議を終えて戻って来た。

いつものようにコーヒーを淹《い》れて一声かけ黒澤社長のデスクに置くと、なぜかやり直しを命じられる。

「そのコーヒーの出し方は愛想なさ過ぎるだろ」

「そうですか？　ちゃんと〝お疲れ様です〟って言いましたけど」

「〝熱いので気を付けてくださいね〟とか言えないのか？　それに、その仏頂面はなんだ？　たまにはニッコリ笑え」

またこれだ。いちいち面倒くさい。だいたい私の愛想がないのは相手が黒澤社長だからだ。他の人だったら愛想よく振る舞える。

「お前は他の社員にクールビューティーとか言われていい気になっているようだが、あんなのは褒め言葉でもなんでもない。近寄りがたい冷たい女に見えるってことだ」

好き放題言ってくれる。別にいい気になっているわけじゃない。あれは他の社員が勝手にイメージして言っているだけで、私自身、自分をクールだなんてこれっぽっちも思ってないもの。

黒澤社長は私のことなんて何も分かってない。そう思った時、彼が最近入社したばかりの女性社員の名前を口にした。

「ウェブデザイン部の磯野亜美《いそのあみ》、あの娘を見習えよ。磯野はいつもニコニコしていて愛嬌《あいきょう》がある。それに比べてお前はどうだ？　俺の前で笑うことは殆どない。何があっても冷静で顔色ひとつ変えないだろ？　それが男を遠ざけているんだ。たまには磯野みたいに笑ってみろよ」

磯野さんを……見習え？

私だって笑顔が大切だということは百も承知だ。ただ、磯野さんを引き合いに出されたことが納得いかなかった。

「磯野さんと私では業務内容が違います。日々、自分勝手な上司に振り回されていると嫌でもこんな気難しい顔になってしまうんです」

「んっ？　その言い方だと、お前が笑わないのは俺のせいみたいに聞こえるぞ」

みたいではなくその通りなのだと心の中で呟いた直後、黒澤社長が「男は女の笑顔にキュンとくるんだ」なんて言うから思わず聞き返してしまった。

「キュン……ですか？」

「あぁ、キュンとくるね」

全然イメージじゃない。黒澤社長の口から〝キュン〟なんて言葉を聞くとは思わなかった。

意外過ぎて怒りも忘れ噴き出すと、彼が私の顔を指差し「その笑顔だよ」と声を上げる。

「えっ？」

「お前の笑顔……凄《すご》くいい。キュンとくる」

頬杖《ほおづえ》をつき、私を見上げる眼差しが妙に色っぽくて直視できない。

堪《たま》らず視線を逸《そ》らすも、突然立ち上がった黒澤社長が人差し指で私の顎を持ち上げ、妖艶な瞳で見下ろしてくる。

な、何？　そのフェロモンダダ漏れの顔は……。

辛うじて平静を保つことができたが、こんなに近くで黒澤社長の顔を見るのは初めてだったから動揺して心臓が早鐘を打つ。

暫くの間――と言っても、ほんの数秒だったと思うけれど、私達は無言で見つめ合っていた。すると黒澤社長が小首を傾《かし》げ「俺のことは殴らないのか？」とクスリと笑う。

その一言でまだ癒えぬ心の傷が再び疼《うず》き出し、同時に黒澤社長のデリカシーのなさに怒りを覚えた。

私が傷付いているって分かっているのに、どうしてわざわざその傷に塩を塗るようなことを言うのよ。

顎を持ち上げていた手を振り払いキッと睨むも、彼は悪びれる様子もなく腕組みをして私をジッと見つめている。

「お前はあの男を殴ったことを後悔しているようだが、あんな男、殴られて当然なんだよ」

「えっ？」

「歳なんて関係ない。誰でも初めてのことは怖いものだ。それも分からず、あの男はお前を責めた。本当にお前のことを大切に想《おも》っているのなら、殴ったお前ではなく、殴らせてしまった自分を責めるはずだ」

「あ……」

自分が悪いと思っていたから、そんなこと考えてもみなかった。

「あんなしょうもない男と結婚せずに済んだんだ。ラッキーだと思え。今日の恋愛指南の講義は以上！　仕事するぞ」

デスクに戻った黒澤社長が美味《おい》しそうにコーヒーを一口飲みパソコンを立ち上げる。

そんな彼を遠目に苦笑いを浮かべるも、私ひとりが悪かったわけじゃないんだと思うと気持ちが少し楽になった。

黒澤社長にこんな形で励まされるなんて……恋の指南、ちょっとは役に立ったかも。

＊＊＊

――翌日の仕事終わり。

今日は月に一度、月末に行われる会社の慰労会だ。

毎回、社員のお気に入りの店を紹介してもらって慰労の場にするのだが、今回は私がフィールデザイン事務所に入社した時から何かと気に掛けてくれている総務の女性部長、三宅《みやけ》さんお勧めの創作居酒屋が選ばれた。

世間では、会社の飲み会を毛嫌いして出席を渋る社員が居ると聞くが、フィールデザイン事務所の社員に関しては、それは当てはまらないようだ。

基本自由参加だが、毎回、ほぼ全員が参加している。

それには色々理由があって、ひとつは黒澤社長主催のビンゴ大会の景品が魅力的だということ。金一封や人気家電製品など、かなり豪華だ。

そして慰労会は普段あまり関わることがない他の部の社員と交流を深めるのが目的なので、役職関係なく完全無礼講。上司に気を遣う必要はない。

そのせいか独身の女性社員が黒澤社長を取り囲み、謎に包まれた彼のプライベートを根掘り葉掘り詮索していた。が、なぜかその輪の中に私が居る。

本当は黒澤社長から遠く離れた席に座りたい。でも、彼の秘書になった時から『秘書は常に社長の隣だ』と言われ無理やり隣に座らされ続けていた。

「黒澤社長、彼女とか居ないんですか？」

「彼女？　そんなの居ないよ」

嘘をつけ！　社長室に女を連れ込んでるじゃない！

「じゃあ、結婚はしないんですか？」

「そうだな……結婚したいって思う女性が現れたらするかもな」

期待させるようなこと言っちゃって、酷《ひど》い男だ。

呆《あき》れてグラスワインを飲み干すと、対面に座っている女性社員が私の顔を覗《のぞ》き込み意味ありげにニヤリと笑う。

「近くに新垣さんという素敵な女性が居るのにね……」

「んっ？　それ、どういう意味？」

事務所内で一番のゴシップ好きと言われているその女性社員は、私と黒澤社長の顔を交互に見つめ更に口角を上げた。すると周りの女性社員も同じようにニンマリと笑う。

「ちょっと、皆《みんな》して何？」

「いえ、おふたりのこと疑っているわけじゃありませんよ。本当にそんなこと全然思っていませんから。ただ、黒澤社長と新垣さんは凄く仲がいいから……」

結局、疑っているんじゃない。でも、よりにもよって、黒澤社長との仲を疑われるなんて心外だ。

これはキッパリ否定して疑惑を払拭しなくてはと身を乗り出したのだが、私より先に黒澤社長が口を開く。

「別に疑ってもいいぞ」

「なっ……黒澤社長、何言っているんですか？」

「社員にそんな風に思われていたとはな。でも、実際、本当に仲がいいものな」

平然とそう言ってのける黒澤社長に、開いた口が塞がらない。

いったい、いつ私と黒澤社長は仲良しになったの？

またいつものように私をからかって面白がっているのだと思い、黒澤社長の言葉はスルーして取り囲む女性社員に私には彼氏が居ると言おうとしたのだが、突然現れた若い男性社員に言葉を遮られる。

かなり酔っぱらっているその男性社員は無理やり私の隣に腰を下ろすと、どうしても相談したいことがあると言う。

「実は僕、付き合って半年になる彼女が居るんですけど、その彼女、今まで誰とも付き合ったことがなくてキスも僕が初めてだったんですよ」

「キス……」

私の片方の眉がピクリと反応する。しかし鈴木《すずき》と名乗った男性社員はデカい地雷を踏んだことも知らず、私に縋《すが》り声を張り上げた。

「それで、そろそろ最後までって思っているんですが、彼女が怖がっちゃって……」

今の私には酷な話題だったが、仕方なくフムフムと頷《うなず》き彼の話を聞く。

「そこで、経験豊富な大人の女性の新垣さんに相談なんですが、どうすれば彼女を怖がらせることなく抱くことができるでしょうか？　アドバイスお願いします！」

無礼講とはいえ、そんな質問する？

「ちなみに、新垣さんの初めての時ってどんな感じだったんですか？」

「初めて……？」

残念ながらその問いに対する答えは……ない。だって私はまだ初めてを経験していないのだから。

しかし会社での私は、恋愛の酸いも甘いも知り尽くした大人の女性だというイメージが定着していて、私自身もそのイメージを壊さぬようたゆまぬ努力を続けてきた。

だから鈴木君も私を相談相手に選んだのだろうが、それは大きな選択ミス。なので、その答えを知る誰かに話を振ろうとこっそり辺りを見渡していると、なんと、珍しく黒澤社長が私を庇《かば》ってくれた。

「おい、鈴木、いくらなんでも女性にその質問は失礼だろ？　新垣が困ってるじゃないか」

社長に窘《たしな》められた鈴木君はすっかり意気消沈して青白い顔をして俯いている。

その姿があまりにも可哀想で、つい仏心が出てしまった。

項垂《うなだ》れている鈴木君の背中を擦《さす》り「別に失礼なんかじゃないわよ。気にしないで」と微笑《ほほえ》んで見せる。

すると今度は周りの女性社員が「私も新垣さんの初体験の話聞きたい！」と騒ぎ出し収拾がつかなくなってきた。

仏心が裏目に出て予想外の展開に……しかし今更後悔しても後の祭り。興奮した女性社員達は女子会のようなノリで距離を詰めてくる。

「是非、初心《うぶ》だった頃の新垣さんの話を聞かせてください」

今でも初心なんだけど……と思いつつ、縋るような目でこちらを見つめている鈴木君にとにかく優しくしてあげることだと説く。

「いい？　誰でも初めてのことは怖いものよ。だから焦ってはダメ。時間をかけて彼女の不安を取り除いてあげるの」

誰かさんの受け売りだけれど、これに関しては実体験だ。

「新垣さんも初めての時は不安だったんですか？」

「あ、当たり前じゃない。でも、当時の彼が優しくリードしてくれたから何も怖くなかったな。今ではいい思い出ね」

「なるほど～さすが新垣さんだ。で、当時のその彼氏はどうやってリードしてくれたんですか？　そこのところをもっと詳しく……」

すっかり元気になった鈴木君が鼻息荒く迫ってくる。そんな彼に圧倒されながら、小説やドラマで仕入れた知識を絞り出す。

「そ、そうね……まずは彼女を強く抱き締めて自分がどれだけ彼女のことを愛し、大切に想っているかを恥ずかしがらずに伝えるの。で、優しく頰を撫でキスをしたら、安心感を与えるような言葉を掛けてあげる……」

大きく頷く鈴木君を見て、我ながらいいアドバイスをしたと思った。しかしここで黒澤社長がしゃしゃり出てくる。

「うーん……でも、言葉で言われてもピンとこないよな？」

「はい？」

「あ、そうだ。今から仲のいい俺と新垣でそれを実践して見せてやるよ」

仲がいいは余計でしょ？　いや、それより実践ってどういうこと？　と目を見開いた直後、体がフワリと浮き上がり、気付いた時には黒澤社長の腕の中に居た。

その様子を見た女性社員から悲鳴にも似た叫び声が上がり、鈴木君が大きく仰《の》け反る。店内はちょっとしたパニックだ。

強く抱き締められた私は頭の中が真っ白。呼吸をするのも忘れ完全に固まってしまった。と、その時、黒澤社長が私を抱き締めたまま小声で呟く。

「……せっかく俺が助け船を出してやったのに、自分から首を突っ込むとはな。バカなやつ。仕方ないから俺も協力してやるよ」

いやいや、黒澤社長に協力してほしいなんて一言も言ってないんだけど……。

だが、黒澤社長はもうスイッチが入ってしまったようで——。

「俺がお前をどんなに愛しているか……分かるか？」

「えっ？　あ、えっ？」

ちょっ、いきなり始めないでよ。まだ心の準備が……。

黒澤社長は戸惑う私のことなどお構いなしに、感情を込めて愛の言葉を囁《ささや》き続ける。

「この抱き心地のいい華奢《きやしや》な体も、絹のような艶やかな髪も、そして透き通るような白い肌も……全てが愛《いと》おしい。だからお前を俺だけのモノにしたいんだ」

想像していた以上の甘い言葉に体が震え、思わず顔を上げると、熱を孕《はら》んだ瞳と視線がぶつかった。

お芝居だと分かっていていても羞恥で体が燃えるように熱くなり、口から心臓が飛び出しそうになる。

激しく動揺しながら目だけを動かし辺りを見渡すと、皆固唾《かたず》を呑《の》んでこちらを注視していて、その異様な雰囲気に私も知らず知らずのうちに呑み込まれていく……。

そしてここに居る全員が私の言動に注目しているのだと思うと、一瞬にして大人としてのプライドに火が点《つ》いた。

これしきのことで動揺する姿を他の社員に見せるわけにはいかない。こんなの余裕だと思わせなくては……でも、やっぱり……。

「怖い……」

震える声で本心を吐き出すと、周りの社員から「おぉ～迫真の演技！」という絶賛の声が上がる。

実際は演技でもなんでもなく素の自分だったのだが、黒澤社長も私がその気になったと勘違いしたようで、体を離すと恋人役になりきり私の頬に手を当て優しく微笑む。

「心配するな。大切なお前を泣かせるようなことはしない。俺を信じろ」

黒澤社長……。

色素の薄い澄んだ瞳に見つめられ図らずもドキッとしてしまった。でもその時、私は自分がした鈴木君へのアドバイスを思い出し血の気が引いていく。

えっ、ちょっと待って。確か私、この後にキスするって言ったよね。

しまったと思った時には遅かった。黒澤社長の大きな手が両頬を包み、首を傾けた彼の顔が近付いてくる。

まさか……皆が見ている前で本当にキスする気？

大切なファーストキスを彼氏でもない黒澤社長に奪われるのではという焦りと、大人のイメージを壊したくないという虚栄とのはざまで心が揺れる。

もうこうなったらヤケクソだ。成るように成れ！

追い詰められ開き直った私は固く瞼《まぶた》を閉じたのだけれど、なぜか頬を包んでいた黒澤社長の手の温《ぬく》もりが消えていく――。

えっ？　どういうこと？

不思議に思い薄目を開けると、黒澤社長が鈴木君に向かって親指を立て得意げに微笑んでいた。

「ってな感じだ。分かったか？」

「あ、はい。ありがとうございました。凄くよく分かりました」

「新垣がここまで協力してくれたんだ。本番は上手《うま》くやれよ」

ふたりの会話を聞き、そういうことかと納得する。

いくらなんでも社員の前でキスなんてしないよね。でも、なんだろう。キスをされずに済んだという安堵《あんど》より、よく分からない別の感情が胸を締め付ける。

すると黒澤社長が他の人には聞こえないような小さな声で耳打ちしてきた。

「やればできるじゃないか。お前にしては上出来だ」

黒澤社長はこれも恋愛指南だと笑う。そして「予行練習ができてよかったろ？」と私の頭をポンポンと叩《たた》いた。

「予行練習……」

「ん？　不服そうな顔だな。予行練習じゃなく、本当にキスした方がよかったか？」

「そ、そんなわけないじゃないですか！」

すかさず否定したが、動揺は隠せない。その姿を周りの女性社員に見られるのがイヤで慌てて席を立ちトイレに直行した。

そして鏡に映った自分を見つめ、まだ落ち着かない胸に手を当てる。

黒澤社長は私をからかって面白がっているんだ。

悔しくてギュッと奥歯を噛み締めるとトイレのドアが開き、総務の女性部長、三宅さんと黒澤社長が笑顔を絶賛していたウェブデザイン部の新人、磯野亜美さんが入ってきた。

「あら、沙良ちゃん、お疲れ」

「あ、お疲れさまです」

三宅さんはさっきの件を遠巻きに眺めていたらしく、呆れたように笑っている。

「黒澤社長、なかなか大胆だったわね」

「ホントにもう……困った人ですよ」

磯野さんが居たから冷静に返したけれど、彼女が居なければ、三宅さんに思いきり愚痴っていたところだ。

三宅さんは私より八歳年上の三十七歳。社内で私が本音を言える唯一の存在だ。入社したての頃、仕事に慣れない私の相談に乗ってくれて色々世話を焼いてくれた優しい人。

そしてあの時も……私が今もこうしてフィールデザイン事務所で働いているのは、彼女の励ましがあったからだ。

三宅さんが居なかったら私は二年前に事務所を辞めていた。

「あの～新垣さんにお聞きしたいことがあるんですが……」

そう話し掛けてきたのは、三宅さんの後ろから顔を覗かせた磯野さんだ。その表情は真剣そのもの。評判の笑顔はない。

「私に聞きたいことって？」

「はい、単刀直入にお聞きします。新垣さんと黒澤社長はどういう関係なのですか？」

入社したばかりで、まだ喋《しゃべ》ったこともない磯野さんにそんな質問をされるとは思っていなかったから呆気に取られ即答することができなかった。

「さっきのおふたりの様子……社長と秘書だけの関係には見えませんでした。先輩方が言っていたように、おふたりはお付き合いしているんですか？」

一見、大人しそうに見えるけれど、意外とハッキリものを言うタイプなんだ……って、感心している場合じゃない。

これは直《ただ》ちに否定しなければと思ったのだが、私より先に三宅さんが口を開く。

「私には、長年連れ添った老夫婦みたいに見えるけど」

「老夫婦って……なんですか？　それ？」

「沙良ちゃんと黒澤社長の間には、他の人が入っていけない特別な世界があるってことよ」

「なっ、やめてください。私と黒澤社長との間にそんな特別な世界なんてありません！　日々、黒澤社長の言動にストレスを感じながら仕事しているんですから」

そう訴えると三宅さんは「あれだけ言いたいこと言ってるのに？」と笑いを堪えている。

「社員の中で黒澤社長に意見できるのは、専務と沙良ちゃんだけ。他の社員が沙良ちゃんと同じことを言ったら大問題になるわ」

三宅さんに悪気がないというのは分かっていたが、彼女の言葉で磯野さんの表情が険しくなるのが見て取れ、本気で焦った。

「あのね、磯野さん、今三宅さんが言ったのは冗談だから。私と黒澤社長の関係は社長と秘書。それ以上でもそれ以下でもないのよ。それと、さっきのあれは黒澤社長がふざけてやったことで、私はそれに乗っただけ。私はあんな自己中でイジワルな人、全然タイプじゃないし、あの人だって私のことを愛想のない冷たい女だって思っているんだから」

私の説明に磯野さんは一応、頷いてはいたが、硬い表情のままトイレから出て行ってしまった。

ドアが閉まり、磯野さんの足音が遠のいて行くのを確認した三宅さんが私の背中をポンと叩いてため息をつく。

「いつも冷静な沙良ちゃんが、らしくないわね」

「三宅さんが変なことを言うからですよ」

「あの娘の為《ため》に言ったの。おそらく、磯野さんは黒澤社長に好意を寄せてる……でもそれは報われない恋だから。諦めるのは早い方がいいでしょ？」

なるほど、そういうことか。三宅さんは黒澤社長に彼女が居ることを知っているんだ。だからわざとあんなことを……。

でも、だからと言って関係のない私を巻き込まなくても、真実を正直に話せばいいのに。どうしてこんなまわりくどいことをするんだろう。

三宅さんの真意を確かめようとしたのだが、ウェブデザイン部の女性社員が慰労会がお開きになると呼びに来たので聞くことができなかった。

＊＊＊

「……というわけなの。黒澤社長には彼女が居るのに、なんか誤解されたみたいでモヤモヤする」

慰労会から二日後、私は仕事終わりに中学時代からの親友、丸橋奈々《まるはしなな》と待ち合わせをし、行きつけのバーのカウンターで並んで飲んでいた。

このバーは、奈々が同棲《どうせい》をしている彼氏が経営している店。彼氏はやり手の実業家で、他にもレストランやカフェなども経営している。

そんな彼を射止めた奈々は、二十九年間彼氏なしの私と違って昔から男が途絶えたことがない恋愛上級者だ。この違いはなんなのだろう？

「……それにね、黒澤社長ったら、私が処女だって分かってから面白がっちゃって。ホント、ムカつく」

日頃の不平不満をぶちまけていると、今まで黙って私の話を聞いていた奈々が気怠そうにソルティドッグを一口飲み、半開きの目で私をジッと見た。

「あのさぁ、久しぶりに会ったのに、その話題しかないの？」

「えっ？」

「黒澤社長、黒澤社長、黒澤社長……沙良は本当に黒澤社長のことばっかだね」

奈々にそう言われて初めて黒澤社長のことばかり話していたのに気付く。

「でも、会社で一番長く一緒に居るのは黒澤社長だし、彼氏も居ないから恋バナもできないし……」

すると奈々は「私には十分、恋愛話に聞こえるけど」とクスッと笑う。

「ヤダ、奈々もう酔っちゃったの？　今の話のどこが恋愛話なのよ？」

そう、私はこのバーに来てから黒澤社長の悪口しか言ってない。色っぽさなど皆無だ。

しかし奈々は、それが惚気《のろけ》ているのだと意味不明なことを言う。そして急に高校時代の話を始めた。

「高一の時、私達とわりと仲が良かったアイちゃんって覚えてる？」

「えっ、あ、うん」

「あの娘、隣のクラスの男子と毎日激しい喧嘩《けんか》をして、その男子のことボロクソ言ってたじゃない。でも、ある日突然、その男子と付き合い出して皆腰を抜かすくらい驚いたでしょ？」

奈々はそこまで言うと不敵にニヤリと笑い、肘で私の腕をツンツンと小突いてくる。

「えっ？　えぇっ？　まさか奈々、私とアイちゃんが一緒だって言いたいの？」

冗談じゃない。私とアイちゃんは違う。高校生の初心な恋と二十九歳の私を一緒にしないでほしい。

でも、奈々は「一緒だよ」とすまし顔。

「結局、アイちゃんもあの男子も、お互いのことが気になっていたけど素直になれず、憎まれ口を叩いて相手の気を引こうとしていたんだよ。今の沙良達と一緒じゃない」

「いや、全然違う！　黒澤社長には彼女が居るし、私も別の男性と結婚するつもりだったもの」

頑《かたく》なに否定する私を奈々はため息混じりに見つめて呆れていたけれど、そこはどうしても譲れない。

「でも、黒澤社長にキスされそうになった時、拒否しなかったんでしょ？」

「そ、それは……私が拒否したら、場の雰囲気が悪くなりそうだったから……」

「それだけ？　呉服屋の若旦那の時は最悪な事態になるのが分かっていても、躊躇《ちゅうちょ》することなく右ストレートが出たんでしょ？」

確かにそうだけど、私の中でふたつの出来事は似ているようで全然違う。それを説明するが、奈々は私の顔も見ずスマホをいじり始めた。

「ちょっと、ちゃんと私の話聞いてよ！」

少し強い口調で言うと、ようやく奈々がこちらを向く。そしてグロスで光る唇から
とんでもない言葉が飛び出した。

「ねぇ、彼女から黒澤社長、奪っちゃえば？」

「はぁ？」

唐突な発言にたじろぐが、奈々は構わず続ける。

「沙良の悪いところはさ、男心に鈍感なところ！　自分は男に縁がないって愚痴るけど、高校の時に沙良を好きだった男子、結構居たんだよ」

「うっそ……」

知らなかった……そんなの初耳だ。

「男子が結構大胆にアプローチしてもガン無視だったし、だから余計なお節介はしないでおこうと思ったんだよね」

「それ……本当？」

「うん、私が知ってるだけでも、沙良に気があった男子は五人。もしかしたら、もっと居たかもね」

「ご、五人も？」

お節介……してほしかった。

できるものならもう一度、高校時代に戻って人生をやり直したいと本気で悔しがっていたら、奈々が、好きな人が自分のことを想ってくれているかもしれないと少しでも感じたら告白するべきだと真顔で言う。

「私ならそうするね。たとえ振られてショックを受けても、後で気持ちを伝えればよかったって後悔するよりずっといいもの」

奈々は中学の時からそうだった。そこが私と決定的に違うところ。

私は気になっている男子に好きな娘が居ると噂《うわさ》を聞いただけで諦めていた。

「きっと、その黒澤社長も沙良のことが気になっているんだよ。沙良がその気になれば、いい方向にいくと思うけどな」

奈々はお気楽に笑っているけれど、私は全然笑えない。

だって、奈々の話は矛盾しているもの。本当に黒澤社長が私のことが好きなら彼女と別れるはず。そうしないってことは、奈々の勘は外れてるってことだ。

あの黒澤社長が私を好きだなんて絶対にあり得ない。それに、私だって黒澤社長のことなんて好きじゃない。彼は私から大切な夢を奪った人なのだから……。

PARTⅡ　意地っ張り女の苦悩

——翌日。

私は複雑な心境だった。

昨夜、奈々の意見をあり得ないとキッパリ否定したけれど、今朝出社して黒澤社長の顔を見た瞬間、なぜか心臓が騒ぎ出し、今まで以上に彼を意識するようになっていた。

いつも通り……そう自分に言い聞かせるも、彼のちょっとした仕草や視線が気になって敏感に反応してしまう。

そんな自分に困惑していると、提出スケジュールのリストをチェックしていた黒澤社長が視線を上げ、話し掛けてくる。

「おい、イタリアンレストランのロゴデザイン、明後日が納品日だったよな？　ＩＣデザイン部から完成品上がってきてるか？」

「あ、まだ確認していません」

その返事に黒澤社長が驚いた顔をして私をマジマジと見つめた。

「どうした？　お前にしては珍しいな。いつもなら黙っていても俺のデスクに置いてあるのに……」

「すみません、今すぐＩＣデザイン部に行ってもらってきます」

慌てて社長室を飛び出し、同じフロアにある主に法人企業を担当しているＩＣデザイン部に急ぐ。

ここ数年、会社が大きくなって扱うデザインが急激に増えたが、最終チェックは必ず黒澤社長本人が行っている。彼が納得しない作品は納品を許されない。

デザイナーが一番緊張するのは、おそらくこの時だろう。

黒澤社長がこのシステムに変えたのは、二年前。それまではデザイナーの感性を大切にしていたから殆ど作品に口出しはしなかった。

そのきっかけを作ったのは、私だ……。

「イタリアンレストランのロゴと店名の字体デザイン仕上がってますか？」

ＩＣデザイン部の部長に声を掛けると、後ろの方から元気のいい「はい！」という声がする。

その声の主は先日の慰労会で私に彼女の扱い方を聞いてきた鈴木君だった。

「君が担当だったの。それで、どう？　出来栄えは？」

「はい、自分で言うのもなんですが、いい出来だと思います。僕の自信作です」

自信作か……二年前の私もそう言ったっけ。

「そう、黒澤社長のOKが出るといいね」

鈴木君から笑顔と共にCD-ROMを受け取り社長室に戻ろうとしたのだが、彼が私を引き止め深々と頭を下げる。

「すみませんでした！」

突然の謝罪の言葉にぽかんとしつつ、鈴木君の次の言葉を待つ。

「慰労会の時は酔っていたので色々失礼なことを言ってしまって……本当にすみませんでした」

「あぁ、あのことね。無礼講だから気にしなくていいのよ」

鈴木君は私の言葉で安心したように表情を和らげ、小さな息を吐く。

「実はあれからすぐ、彼女とデートしまして……」

「えっ、それってもしかして……」

「はい、無事成功しました。新垣さんと黒澤社長にご指導頂いたお陰です」

こっちはエライ目にあったけど……まぁでも、彼がこんなに喜んでいるのだからよしとしよう。

「やっぱり、おふたりは大人ですよね。お手本通りトライしたら彼女も安心したみたいで……これからもまた色々アドバイスお願いします」

冗談じゃない。それは勘弁してほしい。経験のない私にこれ以上のアドバイスなんてできるわけないじゃない。

苦笑いで誤魔化し、照れくさそうに笑う鈴木君の肩を軽く叩いて社長室に戻る。すると黒澤社長が派手なスカジャンを着た金髪の男性と談笑していた。

この事務所でこんな格好をしている人は、ひとりしか居ない。

「あっ、栗林《くりばやし》専務じゃないですか！」

「よう！　沙良ちゃん、久しぶり～」

「腰の方、もう大丈夫なんですか？」

栗林創《そう》専務は黒澤社長と同じ大学で建築とデザインを学び、卒業後は他のデザイン事務所に就職したらしいが、黒澤社長が父である亡き前社長からこの事務所を引き継いだ時、是非と乞われ専務としてこのフィールデザイン事務所にやって来たと聞いている。

見た目はチャラいが黒澤社長も認める実力者だ。現在はウェブデザイン部の統括部長も兼任している。でも、ぎっくり腰で二週間ほど会社を休んでいた。

「なんとか普通に動けるようになったよ。また今日からよろしくね～」

「はい、こちらこそよろしくお願いします」

軽く頭を下げ、コーヒーを淹れる準備をしていると、ソファに腰を下ろした栗林専務が私に、今日の仕事終わりに予定はあるかと聞いてきた。

「いえ。特に予定はありませんが……」

「だったら飯食いに行こうか？」

「食事……ですか？」

「あぁ、俺の快気祝いをしよう。付き合ってくれるよな？」

自分の快気祝いをしようだなんて……それって周りの人が提案するものじゃないの？　と疑問に思ったけれど、そんなところも栗林専務らしい。

断る理由もないので出席すると答えたのだけれど……。

＊＊＊

「……栗林専務、黒澤社長と三人だなんて聞いてないんですけど……」

快気祝いと言うから、てっきりウェブデザイン部の人達も来て皆でお祝いするのだと思っていたのに、この場に居るのは私と黒澤社長のみ。

「三人じゃダメだった？」

別にダメじゃないけど、黒澤社長と三人というのがちょっと……。

ふたりがよく利用するという銀座の高級しゃぶしゃぶの店の個室でため息をつく。

私が心配していたのは、黒澤社長が私の秘密を栗林専務にバラしてしまわないかということ。私は栗林専務にも彼氏が居ると嘘をついていたのだ。

でも、話題は仕事のことばかりでそっち方面に話が逸れることはなかった。

安心して普段はなかなかありつけない高級霜降り肉をしゃぶしゃぶしていると、対面に座っている黒澤社長が大手化粧品メーカー、エルフ化粧品が会社のロゴマークを一新することになったと切り出す。

「コンペで幅広くデザインを募集するそうだ。制限はないようだから、ウチのＩＣデザイン部全員にひとり一作品、出品させようと思っている」

「そうか。エルフ化粧品と言えば、老舗の上場企業だからな。選ばれれば事務所のいい宣伝になる。そして何より魅力的なのは契約金だな。相当な額になるはずだ」

盛り上がるふたりを横目に霜降り肉を頬張っていたら、お猪口《ちょこ》の日本酒を飲み干した黒澤社長が私をチラッと見た。

まさか、あのことを言うんじゃ……。

ビクッと体が震え箸が止まる。しかし黒澤社長の口から出た言葉は「新垣、お前もロゴデザインをしろ」だった。

「黒澤社長、何言ってるんですか？　私はデザイン部じゃありませんよ」

「別にデザイン部じゃなくても応募はできる。やってみろよ」

「お断りします」

即答する私を呆れ顔で見つめる黒澤社長。その横で栗林専務が苦笑している。

私にロゴデザインをしろだなんて、どうして今更そんなこと言うのよ。私からデザインを奪ったのは、黒澤社長じゃない。

――あれは、私がフィールデザイン事務所に入社して二年目のことだった。

私は大学のデザイン学科を卒業すると大手のデザイン事務所に就職し、念願のデザイナーになった。

希望に胸を膨らませ意欲満々で入社したのだが、新人の私に任される仕事は先輩のフォローや資料集めなど。なかなか思ったようにデザインを任せてはもらえなかった。

そんな時、デザイン雑誌で見つけたのが空間デザインの特集記事。その中で一目見て鳥肌が立ったのが、リニューアルオープンした海外ブランドのブティックの写真だった。

薄いグレーを基調にし、様々な形の硝子《ガラス》や鏡を使ったデザインは一見暗さを感じ、華やかな色彩が売りのこのブランドには不向きなように感じたのだが、カラフルなドレスやアクセサリーが並ぶと一転、鏡や硝子に商品の色が映り込み明るくビビッドな雰囲気に変わっていた。

客の目を引こうと奇抜なデザインで主張するのではなく、主役である商品の良さを最大限にアピールしている。

そのデザインをしたのが黒澤社長だった。

すぐにその名を検索するとフィールデザイン事務所という社名と共に〝即戦力となる若いデザイナー求む〟という求人広告が現れた。

そのデザイン事務所の名前は以前から知っていた。数年前までは業界で一目置かれるほど実力のある有名なデザイナーが社長を務めていたが、その社長が亡くなり息子が後を継ぐと瞬く間に衰退していったデザイン事務所だ。

こんなに才能がある人なのに、なぜ？

その疑問が日に日に大きくなり、また〝即戦力〟という言葉にも魅かれた私は大手デザイン事務所を辞めフィールデザイン事務所の面接を受けた。結果は即採用。

当時はまだウェブデザイン部はなく、デザイナーは栗林専務を含めた六人と総務がひとり。築三十年の雑居ビルの一室が仕事場だった。

しかし黒澤社長がデザインしたブティックが反響を呼び、その後に手掛けた商業ビルのエントランスやフォトスタジオのガーデンデザインなど、コンセプトの違うデザインも高評価を受け、徐々に仕事が増えていく。

そしてその一年後には社員も一気に増え、更に一年が経《た》った頃、今のビルに事務所を移した。

当時の黒澤社長はデザイナーの個性を尊重し、わりと自由にデザインをさせてくれていたので、私にとっては最高の環境だった。

次から次へと湧いてくるデザインはクライアントからの評判もよく、私を指名して仕事がくるようになる。

今思えば、あの頃が私の人生のピークだったのかもしれない。

そんな時だった。有名企業のロゴマークのコンペ募集があり、自分でも最高の出来だと思った作品を応募したのだが、最終選考まで残ったものの、選ばれたのはフリーで活動している三十代の女性デザイナーの作品だった。

自信作だっただけにショックが大きく発表された会場の隅で泣いていると、その女性デザイナーが近付いて来て私にキツい言葉を浴びせたのだ。

『もしかして、私に負けたことが悔しくて泣いてるの？　素人に毛が生えたような小娘が本気で私に勝てると思っていたとは驚きね』

そして私のデザインが最終選考に残ったのは、選考委員長が黒澤社長の父親と親しかったからで、真の実力ではないと全否定された。

プライドをズタズタにされ自信を失った私はスランプに陥り、その日以降無難なデザインしかできなくなってしまい、個性的なデザインを求めるクライアントからは面白味がないからデザイナーをチェンジしてほしいというクレームがくるようになる。

そんな自分に危機感を覚え焦りを感じ始めていた時、黒澤社長から呼び出され、明日から自分の秘書として働いてもらうと言われ愕然《がくぜん》とした。

それは、デザイナーとしての才能がないと断言されたも同然。やはりあの女性デザイナーが言っていたことは本当だったのだと落胆する。

落ち込む私に黒澤社長は、少しデザインから離れた方がいいと静かに諭した。けれど、その言葉が更に私を追い込んでいった。

私はデザイナーとしてこの事務所に入ったのだ。デザインの仕事ができないのなら、この事務所に居る意味がない。

そう思い、『秘書はできない。事務所を辞める』と言ったのだが、それを聞いた黒澤社長が激高し『選《え》り好みするヤツに限って仕事ができない』『嫌なことがあるとすぐ辞めるという根性が気に入らない』などと冷酷な言葉で私を罵倒した。

——事務所の評判を落とすデザイナーなど不要。

それが、黒澤社長の本心なのだろう。でも、解雇するのは可哀想だから温情で自分の秘書にしてやると言っているんだ。なのに私がその厚意を無にするようなことを言ったから怒っている。

怒鳴る黒澤社長を見て、私はそう理解した。

そんな同情などいらない……。

それでなくても落ち込んでいた私は完全にメンタルをやられ、堪らず社長室を飛び出す。談話室でひとり悔し涙を流していると、そこに現れたのが総務部の三宅さんだった。

三宅さんは私にハンカチを差し出して『言いたいことがあるなら全部吐き出しなさい。私が聞いてあげるから』と優しく背中を擦ってくれた。

その笑顔を見た私は号泣し、しゃくり上げながら辛《つら》い胸の内を全て吐露する。

三宅さんはジッと黙って話を聞いてくれていたが、急に真顔になり、悔しくないのかと聞く。

『社長の声、外まで筒抜けだった。あんな酷いこと言われて悔しくないの？』

『えっ？』

『見返してやろうとは思わないの？』

それは意外な一言だった。

優しい三宅さんのことだから、我慢しなくていい。そんな酷いことを言われたのなら事務所を辞めなさいと言ってくれると思っていた。

『沙良ちゃんは、そんな弱い娘じゃないはず。言われっぱなしで逃げるようなことはしないよね？』

『あ……』

『ここで逃げたら絶対後悔するよ』

その言葉が私の負けず嫌いの心に火を点けた。

そうだ。このまま負け犬のように尻尾を巻いて去るのはイヤ。私を怒鳴った黒澤社長を見返してやりたい。事務所を辞めるのはそれからでも遅くない。

そう思い直した私は必死に頑張り、完璧な秘書を目指して仕事を続けてきた。だからもう、自分の中ではデザインとは縁が切れたと思っていたのだ。それなのに、また私にデザイナーに戻れと言うの？

困惑し、唇を噛むと黒澤社長のプライベート用のスマホが鳴り出した。彼はディスプレイを確認した途端微笑み、そそくさと個室を出て行く。

きっと、彼女だ……。

黒澤社長と彼女は上手くいっている。やっぱり奈々の勘は外れていたよ。

苦笑しつつ鍋の中の肉をすくい上げていると、栗林専務が私のお猪口にお酌をしながらチラッとこちらを見た。

「なぁ、ロゴデザインやってみたらどうだ？」

もちろん栗林専務も私が秘書になった経緯を知っている。なのに、どうしてコンペ参加を勧めるの？

お猪口になみなみと注がれた熱燗《あつかん》を口に含みその真意を訊《たず》ねる。

「栗林専務まで、なぜそんなこと言うんですか？」

「隼人はな、沙良ちゃんのデザイナーとしての才能を高く評価しているんだ。だからまた、沙良ちゃんをデザイナーに戻してやりたい。そう思っているんだよ」

「嘘……」

「嘘じゃない。二年前、沙良ちゃんがコンペで落選して落ち込んでいた時、このままじゃ君が潰れる、事務所も辞めるんじゃないかって心配していたんだ。おそらくあの状態で事務所を辞めれば、デザイナーも辞めるだろう。大切な才能を埋もれさせたくない。隼人はそう思ったから君を自分の秘書にして引き止めたんだよ」

あの黒澤社長がそんなことを考えていたなんて、俄《にわ》かには信じられない。

「でも、全てのデザインの最終チェックをするようになったのは、クライアントから私にクレームが入るようになった時からです。それは、私のデザインが信用できないからそうしたんじゃ……」

「チェックしていたのは沙良ちゃんのデザインだけじゃないだろ？　アイツは沙良ちゃんの件で学んだんだよ」

黒澤社長はデザイナーの個性を尊重するあまり、仕事をする上で一番大切にしていた〝依頼を受けた全てのクライアントに満足して頂けるデザインを提供する〟という基本姿勢を忘れかけていた。

私のデザインにクレームがくるようになって、彼は自分が社長として全ての作品に責任を持たなければならない。改めてそう思ったそうだ。

「自分が最終チェックをしてクライアントに提出すれば、その作品に対する責任はデザイナー個人だけではなく社長である隼人も負うことになる。そうすれば、デザイナ一個人が責められることもないし、精神的な負担も軽減されるだろ？」

「でも、私がスランプになったのはクレームが原因じゃなくて……」

「分かってる。あのロゴコンペだよな。それにも隼人は責任を感じていた」

黒澤社長がコンペに出す私のロゴデザインを見た時、デザイン的には申し分ないが、何かが足りないと感じたらしい。なので採用は難しいかもしれないと思ったそうだ。

「え……だったらなぜ、その時にそう言ってくれなかったんですか？」

「あの頃の沙良ちゃんは自分のデザインが認められ、ちょっと浮かれていただろ？人間、今の自分に満足していたらそれ以上の成長はない。もしコンペで選ばれなかったら、その理由を真剣に考えるはずだ。それが沙良ちゃんの更なる成長に繋《つな》がる。隼人はそう考えたんだよ」

じゃあ、黒澤社長は本気で私の才能を伸ばそうとしてくれていたの？

「だが、それが裏目に出た。沙良ちゃんは発奮するどころかスランプになってデザインができなくなってしまったからなぁ」

「私が弱かった……そういうことですね」

栗林専務は苦笑しながら大きく頷く。

「確かに当時の沙良ちゃんは精神的に弱かった。でも隼人は沙良ちゃんがスランプになったのは、適切なアドバイスをしなかった自分のせいだって思ってる」

「えっ……」

「隼人はさぁ、沙良ちゃんが思っているより、ずっと優しくて不器用なヤツなんだ。企業の社長としては、ちょっと甘過ぎるけどな」

栗林専務の言葉が深く胸に突き刺さる。

私は今まで、自分からデザインをすることを奪った黒澤社長を見返してやろうと躍起になっていた。だから彼の本心なんて考えたこともなかった。

一気に酔いが醒《さ》め、複雑な気持ちになる。

黒澤社長が電話を終え戻って来てもまともに顔を見ることができず、結局、快気祝いがお開きになるまで一度も彼と目を合わせることはなかった。

「今日はご馳走《ちそう》様でした。では、失礼します」

お礼を言って駅に向かおうとすると、流しのタクシーを二台停《と》めた黒澤社長が私を手招きする。

「こんな時間だし、タクシーで帰れ」

「あ……」

どうしよう。まだ電車があるから断る？　でも、なんだか疲れちゃったし……それに、せっかくタクシーを拾ってくれたんだもの。断るのは悪いよね。

なので、お言葉に甘えてタクシーの後部座席に乗り「お疲れ様でした」とペコリと頭を下げたのだが、突然黒澤社長が私の体を押し、タクシーに乗り込んできた。

「なっ、どうして黒澤社長が乗るんですか？」

「どうしてって、俺も帰るんだよ」

「黒澤社長は栗林専務と一緒にもう一台のタクシーで帰るんじゃないんですか？」

てっきりそう思っていたから動揺を隠せない。

「なんで帰る方向が違う創と一緒に帰らなきゃいけないんだ？　お前とは同じ方向だからな。送って行ってやるよ」

「でも……」

困惑している私を気にすることなく、黒澤社長は勝手に私のマンションの住所を運転手に告げてしまった。

タクシーが走り出すと心の中でやれやれと呟き、彼に背を向けて流れる街の明かりを眺めていたのだけれど、さっきの栗林専務の話を思い出すとどうも落ち着かない。

直接黒澤社長に確かめてみようかと思案していたら、彼が不意に私の髪に触れ、梳くように優しく撫でる。

「お前の髪……綺麗だな」

「なんですか？　いきなり……」

私に寄り掛かり微笑む黒澤社長の瞳は、アルコールが入っているせいか少し潤んでいるように見え、なんとも言えない色っぽさを感じた。それに、こんなに接近されると、彼の体温と息遣いが直《じか》に伝わってきてイヤでも意識してしまう。

そんな私の髪を長い指に絡めた黒澤社長が小声で囁く。

「なぁ、男心をくすぐる仕草……教えてやろうか？」

「……男心をくすぐる仕草？」

正直、喉から手が出るほど欲しい情報だった。でも、いつもの私なら迷うことなく『教えてもらわなくても結構です』と彼を押し退《の》けていただろう。そうしなかったのは、栗林専務の話を聞き、私の中で黒澤社長のイメージが変化し始めていたから。

それでもまだ素直に教えを乞うことに抵抗があり、心の中で葛藤が続いた。

すると、いつまで経っても返事をしない私に痺《しび》れを切らしたのか、黒澤社長が私の手を取り、自分の膝の上に置く。

父親以外の男性の膝なんて触ったことがない私は動揺して体が固まる。

「いいか？　男は会話の途中でこんな風にボディータッチされると嬉しいものなん

だ」

「……そうなんですか？」

「あぁ、なんとも思ってないような顔をしていても、絶対意識している。この時のポイントは、あくまでもさり気なく。自然な感じで触れることが大切だ」

「なるほど……」

そして次に黒澤社長が重要だと語気を強めたのが、視線。少しだけ眉尻を下げ、小首を傾げて上目遣いで男性の目を見つめるのがいいそうだ。

「相手にもよるが、悩ましげに見つめられて嫌がる男は居ない。分かったらやってみろ」

〝相手にもよる〟という言葉が引っ掛かったが、羞恥心を抑えながら挑戦してみる。

「……こ、こうですか？」

言われた通りに上目遣いで黒澤社長を見つめると、彼は一瞬目を大きく見開き、同時に体を少し後方に仰け反らせた。

「あの、どうでしょう？」

上目遣いのまま訊ねてみたら、黒澤社長が急に私から視線を逸らし、前を向いて軽く咳払《せきばら》いをする。

「んっ？　あ、あぁ……まあまあだが、少しぎこちない感じがするな」

「そうですか……」

「いいか？　俺が許可するまで絶対に他の男の前でするんじゃないぞ」

他の男性の前でしない方がいいってことは、全然ダメなんだ……男心をくすぐるのって、結構努力が必要なんだな。

＊　＊　＊

――一週間後。

あの日以来〝悩ましげな視線〟の練習を続けているが、未だに黒澤社長から合格の言葉は聞けていない。

最近では、本当に上目遣いだけで男心をくすぐることができるのだろうかと疑問に感じて挫折寸前だ。

もしかして黒澤社長、また私をからかっているんじゃ……そして栗林専務に聞いたあの話も、どうなんだろう……。

あれから黒澤社長を注意深く観察しているが、栗林専務が言うような優しさは感じられない。

口の悪さは相変わらずだし、とても私を心配しているようには見えない。

午前中に予定していたデザインチェックを終え、一息ついて午後からの予定をタブレットで確認していた時だった。なんだか妙な視線を感じたので顔を上げてみると、黒澤社長がジッと私を見つめていた。

「お前、メイクはいつもブラウンかオレンジ系だよな。もっと明るい色の方がいいんじゃないか？」

とうとうメイクの色にまで口出しするようになってきた。

「仕事がら、あまり派手なのはどうかと思いまして」

すかさず反論するも、うちの事務所はそんなお堅い会社じゃないと笑っている。

「俺はピンク系が好きなんだけどな。可愛《かわい》いし」

「残念ながら私は可愛らしいタイプではありませんので、ピンクは似合いません」

そう、昔から背が高く大人っぽく見られてきた私は可愛いという言葉とは無縁な人生を送ってきた。だからピンクなんてもっての外。選択枠に入ったことすらない。

「そうか？　お前、結構可愛い顔してるぞ」

「なっ……からかわないでくださいっ！」

言われ慣れてない言葉に動揺して手に持っていたタブレットを落としそうになる。

「なら、試しに今度、口紅をピンクにしてきてくれ。似合うかどうか確かめてやる」

「いえ、確かめて頂かなくても結構です。それに、ピンクの口紅なんて持っていませんから」

「なんだ、持ってないのか……」

残念そうに眉を下げる黒澤社長を無視し、強引に話題を変える。

「それより、お昼はどうします？　昨日は中華でしたし……今日はピザでも取りますか？」

基本、黒澤社長は社長室でランチをするからデリバリーが多い。

「そうだな……今日は久しぶりに外で食うか」

「あら、珍しいですね」

「お前も外に行くんだろ？　たまには一緒にランチするか？」

「お断りします」

お昼休みは黒澤社長から解放され心静かに過ごせる安らぎの時。それだけは勘弁してほしい。

黒澤社長はつれないな、などと言っていたが、私が聞こえないふりをしていたら諦めたようで栗林専務を誘ってランチに出掛けて行った。

私はコンビニでホイップデニッシュとキリマンジャロブレンドのコーヒーを買い、談話室へと向かう。

元々、談話室は来客があった時の為に用意された応接室だったが、ウェブデザイン部ができた時、同じ階の全フロアを借り切って新たな応接室が設けられたので今は社員に開放されている。

私は談話室の窓際のカウンター席で外を眺めながらランチをするのが好きだ。

今日は抜けるような青空。太陽の光を浴びたビル群がキラキラと輝いている。

「綺麗……」

小さく呟いて香ばしい香りのコーヒーを一口飲み、甘いデニッシュを頬張ると緊張感が解け体の力が抜けていく。至福の時だ。

暫くするとデザイン部の社員もやって来て談話室が賑《にぎ》やかになる。彼らの話題は、例のロゴデザインについて。皆意欲満々に語っており、熱い思いが伝わってくる。

二年前の私もこんな感じだったのかな……なんて思いながら大きく伸びをした時、誰かに肩を叩かれた。

「あ、三宅さん、今からお昼ですか？」

「ええ、隣いい？」

私が笑顔で頷くと三宅さんが隣の椅子に座り、お弁当を包んでいるピンク地に赤いハートが散りばめられたランチクロスを解く。

「ピンク、か……」

私が無意識に呟いた言葉に三宅さんが反応し、照れくさそうに笑う。

「これ、娘のものなの。私には可愛過ぎるよね」

「いえ、そういう意味じゃなくて……そうだ。三宅さん、私ってピンク似合うと思います？」

私の質問にキョトンとした三宅さんだったが、すぐに大きく頷いた。

「落ち着いた感じのピンクならいいんじゃない？　少なくとも私より似合うと思うけど」

「ヤダ、やっぱり根に持ってる」

「ふふふ……分かった？　で、どうしてピンク？」

私は誰に言われたかを伏せ、ピンク系のメイクが似合うから試してみたらどうだと勧められたと話すと、三宅さんが含み笑いでこちらをチラッと見る。

「それって、彼氏に言われたの？」

その言葉で、私は三宅さんにも彼氏が居ると嘘をついていたことを思い出した。

「えっ？　うーん……まぁそんなところです」

今更本当のことなど言えないから笑って誤魔化す。

「そう、だったらきっと似合うはず。沙良ちゃんのことを一番想ってくれている人がそう言うなら間違いないでしょ」

いやいや、黒澤社長が一番想っているのは私じゃないし……。

心の中でキッパリ否定したのだが、なぜだか胸がチクリと痛んだ。そしてあのフローラルの香りを社長室に残していった人物がどんな女性なのか、その正体を知りたくなった。

「あの……話は変わりますが、この前の慰労会の時、三宅さん言ってましたよね。磯野さんが黒澤社長を好きになってもそれは報われない恋だって。三宅さんは黒澤社長が好きな女性……知っているんですか？」

ちょうど三宅さんが卵焼きを口に入れたタイミングで聞いたものだから、彼女がむせて咳《せ》き込む。

「当たり前じゃない。知ってるに決まっているでしょ」

決まっているんだ……。

「じゃあ、その彼女はどんな女性なんですか？」

声のトーンを下げ真顔で聞くと三宅さんは眉頭を寄せ口籠る。そして少し考えた後、ようやく口を開いた。

「私の印象だと、ちょっと天然で可愛い乙女って感じかな」

ここでも飛び出した〝可愛い〟というワード。やっぱり黒澤社長は可愛くてピンクが似合う女性が好きなんだ。

さっき感じたチクリとした小さな痛みが徐々にヒリヒリとした強い痛みに変わっていく。

「それと、もう一つ……」

なぜ磯野さんに本当の彼女の存在を隠したのか、そのことを聞こうとした時、談話室に入って来たふたりの女性社員が凄い勢いで駆け寄って来た。

「社長秘書の新垣さんですよね？　慰労会の時の黒澤社長とのラブシーン、すっごくドキドキしました」

「えっ？」

「皆が見ている前で黒澤社長に抱き締められても堂々としていて全然動揺していなか

ったじゃないですか。さすがクールビューティー！　憧れるなぁ～」

「そうそう。私なんか黒澤社長にあんなことされたら興奮して失神しちゃいますよ」

とんでもない。動揺しきりで失神寸前だったんだけど。

「私も新垣さんみたいな大人の女性になれるよう頑張ります！」

「そ、そう……」

この娘達、私がまだ誰とも付き合ったことがないって知ったらショックを受けるだろうなぁ。

ちょっぴり後ろめたさを感じていたら、女性社員がクスリと笑う。

「でも、新垣さん同様、クールで知られている黒澤社長があんなことするなんて驚きでした。きっと、相手が新垣さんだったから、あそこまで大胆なことができたんでしょうね。他の女性社員には絶対にあんなことしませんよ」

そんなことはないと反論したが、ふたりは顔を見合わせ、意味深な笑みを浮かべ離れて行く。

その後ろ姿を見つめながら「あの慰労会以来、皆なんだか変ですよね」と呟くと、三宅さんが腕時計に視線を落とし「ああっ！」と声を上げる。

「もうこんな時間、仕事に戻らないと」

「あ、まだ三宅さんに聞きたいことがあるんですが……」

「ごめんね。今日は総務の娘がふたりも休んでいるから忙しくて……また今度ゆっくりね」

三宅さんが慌ただしく談話室を出て行くと無意識にため息が漏れる。

結局、三宅さんに理由を聞けなかったな。でも、黒澤社長の彼女がどんな女性なのかはだいたい分かった。

あの黒澤社長が好きになる人だもの。きっとお人形さんみたいに可愛くて素敵な女性なのだろう……そう、ピンク系のメイクがよく似合う可愛い女性。

知りたかったことが分かってスッキリしたはずなのに、自分でもよく分からない寂しさが心の中で広がり、気持ちがどんよりと沈んでいく。

なんだろう。このモヤモヤした感じは……。

＊＊＊

その日の午後、メッセージアプリに奈々から着信があった。

以前、奈々の彼氏がフィールデザイン事務所が入るビルの近くに新しいカフェをオ

ープンするという話を聞いていたのだが、今日がそのカフェのオープンの日のようで、お誘いのメッセージだった。

もちろん行くと返信した後、カフェの場所を聞くと本当にここからすぐ近くだったので、仕事終わりにそのカフェで落ち合うことにした。

ようやく定時になり帰り支度をしていたら、私のデスクの引き出しの中に入れた覚えのないコスメショップのショッパーが入っているのを見つけ、はて？　と首を傾げる。

これって、エルフ化粧品のコスメだよね？　どうしてこんなのが入っているんだろう？

不思議に思い中を確認すると、小さなシルバーの箱が見えた。それを手に取り箱の側面に印字されている小さな文字を読んでみたら……。

「あっ、口紅だ」

そう呟いた時、ウェブデザイン部に行っていた黒澤社長が戻ってきた。彼は私の顔を見るなり意味ありげにニヤリと笑う。

「どうだ？　気に入ったか？」

「じゃあ、この口紅は黒澤社長が？」

「あぁ、昼に飯を食った商業ビルでたまたまコスメショップを見つけてな。いい色だったから買ってきた」

嘘……。

再びシルバーの箱に視線を落とすと〝トゥレジャーピンク〟という文字が目に入る。

もしかして、ピンクの口紅を持ってないって言ったからわざわざ買ってきてくれたの？

口紅をピンクにしろと言われた時はメイクにまで口出ししないでほしいと思ったけど、ここまでされると悪い気はしない。

コスメショップで口紅を選んでいる黒澤社長の姿を想像して、不覚にもキュンとしてしまった。

妙に浮かれて笑顔でお礼を言って帰ろうとしたのだが、彼がデスクの上に大量の書類を置き、ファイルに綴《と》じるのを手伝ってくれと言う。奈々との約束の時間までにはまだ余裕があるが、既に定時は過ぎている。

断ることもできるけど、口紅を貰《もら》っちゃったし……ここで帰るのは申し訳ないな。

手早く書類を仕分けしていたら、また黒澤社長が先日の話を始めた。

「エルフ化粧品のロゴデザインの件だが、コンペの提出期限は一ヶ月後だ。デザイン

の方は進んでいるか？」

「……いえ。前にも言いましたが、コンペには参加しません」

作業をする手を止めることなく即答すると彼があからさまに大きなため息をつく。

「どうしてだ？　コンペはトラウマか？」

トラウマ……正しくそれだ。二年も前のことなのに、まだあの時のことを思い出すと凄く嫌な気分になる。でも、まだそれを引きずっている弱い人間だと思われたくなくて笑顔で首を振った。

「まさか。私はもうデザイナーを辞めたんです。ですからコンペには参加しません」

栗林専務から黒澤社長の本心は聞いていたけれど、もうデザイナーに戻る気はなかった。

それは、二年の月日が流れ、以前よりデザインに対する情熱が薄れていたというのもあるが、一番の理由は……。

「……怖いのか？」

「えっ？」

「また自分のデザインを酷評されるんじゃないか……そう思って怖いのか？」

図星だった。

私は怖かったんだ。それを黒澤社長にあっさり見抜かれたことが悔しくてつい反抗的な態度を取ってしまう。

「怖い？　面白いことを言いますね。そんな昔のこともう忘れましたよ」

「だったらコンペに参加しろよ」

「いえ、参加しません」

堂々巡りで埒《らち》が明かない。その時、黒澤社長が発した言葉に作業をする手が止まる。

「エルフのコンペの参考になると思ったから、あの口紅を買ってきたんだぞ」

私は大きな勘違いをしていたのかもしれない。

黒澤社長は私に似合うと思ってあの口紅を買ってきてくれたのではなく、エルフのロゴデザインをさせる為、その資料として買ってきたんだ。

そうだよね。でなければ、彼女でもない私に口紅なんて買ってこないよね。ランチの時、三宅さんに黒澤社長の彼女のことを聞いていたのに、私ったら何を期待していたんだろう。

勝手に自惚《うぬぼ》れていた自分が恥ずかしくなり、急いで書類整理を終わらせ社長室を後にした。

「もうこんな時間だ。奈々、怒ってるだろうな」

腕時計を見ると、奈々との約束の時間を三十分ほど過ぎていた。

慌ててエレベーターに飛び乗り一階の玄関まで来たのだが、運が悪いことに外は雨。それも玄関の硝子扉を開けるのを躊躇してしまうような大雨だ。

傘がなく足止めされた他の会社の人達が恨めしそうな顔で降りしきる雨を見つめている。

昼間はあんなにいい天気だったのに、どうして今降るかなぁ……。

待つのが嫌いな奈々の怒った顔が目に浮かび、取りあえず連絡しなくてはと慌ててスマホを取り出す。

「奈々？　ごめん、傘持ってなくて、小降りになったら走って行くからもうちょっと待ってて」

さすがに奈々もこの豪雨では無理だと思ったのだろう。諦め気味に笑っていた。

しかし雨は小降りになるどころか、更に激しく地面を打ち付け轟音《ごうおん》を響かせている。

「歩いて数分なのに……早く止《や》んでよ」

硝子扉に身を寄せて空を見上げていたら、後ろから名前を呼ばれた。

「あっ、黒澤社長……」

「急いでいるのか？」

車通勤の黒澤社長がどうしてここに居るんだろうと思いつつ、友人と近くのカフェで待ち合わせをしているのだと言うと、彼が雨で煙る外を眺め滲《にじ》む青い光を指差す。

「あのコンビニまで走るか？」

「この雨の中を……ですか？」

正気の沙汰じゃないと呆れたが、黒澤社長も今から人と会う予定があるようで、そろそろ約束の時間なのだそうだ。

「でしたら、車で行かれたらどうですか？」

「今日は飲むつもりだったから車は置いてきた」

それなら約束の場所までタクシーで行けばいいのではと提案したが、黒澤社長の目的地もすぐ近くでタクシーを呼ぶほどの距離ではないそうだ。

「コンビニで傘を買えばいいだろ？」

そう言うとご自慢のイタリア製のスーツの上着を脱ぎ、私の腰に手をまわす。

「な、なんですか、この手は？」

周りの人の目が気になり体を捻《ひね》ってその腕から抜け出そうとしたけれど、ガッツリ摑《つか》まれ身動きが取れない。

「いいから、来い！」

黒澤社長の声が響いた次の瞬間、目の前の硝子扉が勢いよく開き、私の頭に彼のスーツの上着がフワリと乗っかった。

「えっ？　何？」

「走れ！　全力疾走だ」

私の腰を抱く黒澤社長の腕に力が入り、雨の中に押し出される。そして前のめりになったまま迷う間もなく走り出す。

この時点でずぶ濡《ぬ》れ必至と覚悟したのだが、意外にも私が被《かぶ》っている黒澤社長の上着から水は滲《し》みてこない。

その上着にはまだ彼の温もりと匂いが残っていて、爽やかな香りが私の鼻孔を擽《くすぐ》る。

なんだか黒澤社長に包まれているみたい……。

そう思った途端、急に頬が熱くなり心臓がバクバクと大きな音を立て始めた。

ヤダ、私、完全に黒澤社長を意識している。

自分の気持ちに戸惑いつつ、なんとかコンビニの軒下に無事到着。息を弾ませ黒澤社長を見れば、見事なまでにずぶ濡れで全身から水が滴り落ちていた。

「わわっ！　大丈夫ですか？」

せめて顔だけでも拭ってもらおうと鞄《かばん》からハンカチを取り出すも、黒澤社長はそれ

を笑顔で拒否。濡れた髪を無造作にかき上げコンビニに入って行く。

「私の分のビニール傘まで……なんだか、色々すみません」

心の底から申し訳なく思いペコリと頭を下げると、突然黒澤社長が「あっ!」と声を上げた。

「そうか、別にお前を連れて雨の中を走らなくても、俺がひとりでコンビニに来て傘を買って戻ればよかったんだよな」

バツが悪そうにポリポリと頭を掻《か》く姿がなんだか新鮮で、黒澤社長もこんな顔をすることがあるんだと思わず笑ってしまった。すると彼が不意に私の髪に触れ「良かった」と呟く。

「スカートとヒールは濡れてしまったが、髪と顔は無事のようだな」

普段、心配などしてくれたことがない人が急に優しくなると気味が悪い。

「今日はやけに親切ですね。どうしたんですか?」

探るように聞くと意外な答えが返ってきた。

「お前は俺の大事な秘書だからな」

仕事中には見せない優しい目で、あまりにも自然に言うものだから一瞬、聞き間違いかと思ってすぐには反応できなかった。

確かに今、黒澤社長は〝俺の大事な秘書〟って言ったよね。それって私のこと、少しは大切に思ってくれているってこと？

ついさっき口紅の件で激しく後悔したばかりなのに、自分でも驚くほど心が躍り顔が綻《ほころ》ぶ。

私、どうしちゃったんだろう。気持ちのコントロールができない……。

と、その時、私が抱えていた黒澤社長の濡れたスーツの上着から微かな振動が伝わってきた。

「黒澤社長、電話みたいです」

私の手から上着を受け取った黒澤社長が内ポケットからスマホを取り出すと、ほんの一瞬だったけれど、ディスプレイに表示されていた名前が視界に入る。

——宮川瑠奈《みやがわるな》。

女性の名前だった。プライベート用のスマホだから仕事関係の人ではないだろう。

浮かれていた気持ちが一気に沈んでいくのと同時に、ある思いが脳裏を過《よぎ》る。

もしかして、その宮川瑠奈って人が、黒澤社長の……彼女？

私に背を向けて話し出した黒澤社長は雨音のせいで相手の声が聞きづらいのか、もう片方の手で耳を押さえ自身の声も自然と大きくなっていく。

「予約した時間にはまだ早いだろ？　もう店に来てるのか？」

黒澤社長が今から会う約束をしていたのは、この女性だったんだ。

「なんだ、まだ家に居るのか。じゃあ、今からマンションに行くよ」

えっ……マンション？

「こっちも色々あってレストランに行けるような状態じゃないんだ。食事はまた今度ってことで、今日は寿司でも取るか？　あ、それと風呂沸かしておいてくれ。ずぶ濡れなんだ」

間違いない。これは恋人同士の会話だ。何事もなければ、ふたりはこの後レストランで食事をして楽しい一時を過ごすはずだった……。

黒澤社長に彼女が居るということは、ずっと前から知っていた。なのに、どうしてこんなに心が乱れるの？

今まで経験したことのない不快な感情が私を苛立たせる。

もうこれ以上何も聞きたくなくて両手で耳を塞ぎ瞼をギュッと閉じたのだが、すぐに肩を叩かれた。

「じゃあな。気を付けて行けよ」

「あ、はい……」

傘を差し歩いて行く黒澤社長の後ろ姿から目を逸らすことができない。

濡れたスカートをギュッと握り締め、更に強くなった不快な感情に顔を歪《ゆが》める。でも、黒澤社長の姿が視界から消えると今度は虚しさが押し寄せてきた。

私、もしかして、黒澤社長のこと……ううん、違う。彼女が居る人なんて論外だ。そんなの絶対にあり得ない。

そう思ったけれど、奈々が待つカフェに行き、絶品のチーズケーキを食べていても頭に浮かぶのは黒澤社長のスマホのディスプレイに表示されていた〝宮川瑠奈〟という女性の名前。

どんな女性なんだろう？　歳は私より若いのかな？

「どうしたの？　ぼーっとしちゃって」

隣の奈々が意味深な笑みを浮かべすり寄ってきた。

「黒澤社長のこと考えていたんじゃない？」

図星を突かれドキッとしたが、すっ惚《とぼ》けてチーズケーキを頬張る。

「で、その後、どうなの？」

「どうって？」

「黒澤社長と進展はあったの？」

進展などないと答えると奈々は、そんな調子じゃ一生、結婚などできないとため息をつく。

「あのね、私は人の恋人を奪ってまで結婚したいなんて思ってないの」

それは自分に言い聞かせる為の言葉でもあった。しかし奈々はそんな私の思いを笑い飛ばす。

「いい男には大抵彼女が居るからね。残っているのは、呉服屋の若旦那みたいな自己中で女心を分からないボンクラ男だよ」

それに関しては同感だ。私は恋愛経験がないから、できれば年下より人生経験豊富な年上の男性がいいのだけれど、そうなると三十歳を超えてしまう。

世間でいい男と言われる人達は既に相手が居るか妻帯者だ。

厳しい現実に落胆して今度は私がため息をつくと、いい感じに日焼けしたサラサラヘアの男性が近付いてくるのが見えた。

「やあ、沙良ちゃん、今日は来てくれてありがとう」

笑顔で私に会釈したのは、奈々の彼氏の木村健吾《きむらけんご》さんだ。

「あ、お久しぶりです。素敵なカフェですね」

健吾さんに会うのは二ヶ月ぶり。以前はバーの方によく顔を出していたが、最近は

仕事が忙しいようでなかなか会う機会がなかった。

「小さな店だけど、スイーツには力を入れているんだ」

健吾さんは私と奈々の前の席に座り、メニューを広げてこだわりのスイーツの説明を始める。すると奈々が勤めている商社の同僚が来店し、奈々がお礼を言ってくると席を立った。

同僚と笑顔で話している奈々の姿を愛しそうに見つめている健吾さん。その姿はとても微笑ましい光景だった。

奈々、愛されているんだな……なんて思いながらほっこりしていたら、健吾さんが前屈みになり目を輝かせる。

「奈々に聞いたよ。沙良ちゃん、好きな人ができたんだって？」

「もう、奈々ったら健吾さんに話したの？」

でもそれは奈々が勝手に言っていることで、私は好きでもなんでもないと説明したのだが、健吾さんは照れていると勘違いしたようで……。

「恥ずかしがることはないよ。僕も沙良ちゃんに彼氏ができるといいなって思っていたんだから」

ヤダ、私、健吾さんにまで心配されてたの？

「一年くらい前だったかな……君とバーで会った時、今まで誰とも付き合ったことがないって言っていただろ？　その話を聞いて男嫌いなのかと思ったけど、そうじゃないって分かってホッとしたよ」

そうだった。酔っぱらって健吾さんにカミングアウトしちゃったんだ。あの時の健吾さんの驚いた顔、今でもハッキリ覚えてる。

「でも、本当に違うんです。その人には彼女が居るし……」

苦笑しつつフレーバーティーを一口飲むと、健吾さんが唐突に奈々との馴《な》れ初《そ》めを話し出した。

「奈々と出会った時、僕には付き合っている彼女が居たんだ」

「えっ？　ええっ？」

突然の告白に健吾さんの顔を二度見する。だって、奈々はそんなこと一言も言ってなかったもの。

私が聞いたのは、共通の友人のバースデーパーティーで出会って何度か食事をするうちに自然の流れで付き合うことになったということだけ。健吾さんに彼女が居たなんて知らなかった。

「奈々を初めて見た時、可愛い娘だなって思って興味を持ったんだ。それで、この後、ふたりで飲みに行かないかって誘ったんだよ」

誘いに乗ってきたってことは、奈々も自分に気がある。そう思った健吾さんは、その後も奈々と連絡を取り合い会うようになる。

「こんなこと言うと沙良ちゃんに嫌われそうだけど、当時の僕は自分に利益をもたらす女性にしか興味がなかったんだ」

当時、健吾さんが付き合っていた彼女は大企業の社長の娘で、仕事で交渉事をする時など、その社長の名前を出すだけで驚くほどスムーズに話が進んだそうだ。

「つまり、彼女を利用していたってことですか？」

「まぁ、早く言えばそうなるな」

しかし利用していたのは健吾さんだけじゃなかった。彼女の方も健吾さんを利用していたのだ。

高級ブランドを身につけ見栄えのいいイケメンの彼を横に置くことで、彼女は周囲から注目され羨望の眼差しを向けられる。自己顕示欲が強い彼女はそれが何より快感だったそうだ。

「彼女にとって僕はアクセサリーのひとつに過ぎなかったんだよ。そして僕も彼女を仕事の為に利用する。お互い様の関係だった。だから他の女性と関係を持っても罪悪感など微塵《みじん》もなかった」

紳士で誠実。そんな健吾さんのイメージがガラガラと音を立て崩れていく。

「だからいつもの調子で奈々をホテルに誘ったんだ。当然、奈々もその気だと思っていたからね。でも奈々は僕が今まで関わってきた女性とは全く違っていたんだ」

健吾さんは奈々に『私はあなたのことが好きだけど、寝るつもりはない』ってハッキリ言われ心底驚いたそうだ。

そして奈々は、自分を抱きたかったら彼女と縁を切って出直してこいと健吾さんを突き飛ばした。

「目からうろこだったよ。今までそんなこと言われたことなかったから結構な衝撃だったなぁ」

そのことがきっかけで健吾さんは奈々に強く魅《ひ》かれていき、程なく彼女と別れる決心をする。

ここまでの話を聞くと、健吾さんが奈々に惚れて彼女と別れたと思いがちだが、実際はそうではなかったようで……。

「これは後で奈々に聞いた話なんだけど、奈々は初めて会った時から僕を好きだったそうだ」

でも健吾さんには彼女が居る。思い悩んだ奈々は決着をつける為、一か八かの賭けに出た。

「えっ、じゃあ、彼女と別れて出直してこいって言ったのは……」

「そう、捨て身の告白……とでもいうのかな。これで僕が彼女と別れなかったら、もう二度と会わないと決めていたらしい」

いつもどこか冷めている奈々は、男性と付き合うことになった時も別れる時も、常に淡々としていてそんな情熱的に想いをぶつけるような娘ではないと思っていた。

まさか奈々と健吾さんの間にそんな出来事があったなんて……私は奈々のこと、何も分かっていなかったのかもしれない。

「私、奈々が健吾さんのことで悩んでいたなんて全然知らなかった……親友失格ですね」

ガックリ肩を落とすと、後ろから頭をポコンと叩かれた。

「あ、奈々……」

「何落ち込んでるの。私が沙良に話さなかったのは、アンタに相談しても時間の無駄だと思ったから。恋愛経験ゼロの沙良に適切なアドバイスができる？　できないでしょ？」

「……確かに。アドバイスは無理だ」

そして奈々は、どうして健吾さんがそんな話を私にしたか分かるかと怖い顔で聞いてきた。しかし残念ながら見当もつかない。「……さぁ？」と首を捻ると、奈々が脱力してため息をつく。

「分からないの？　健吾はね、黒澤社長に彼女が居ても諦めず気持ちを伝えた方がいいって言いたかったのよ。男と女なんてどう転ぶか誰にも分からないんだからさぁ。私達がそうだったようにね」

「あ……」

「分かったら、彼女が居るからって悲観的にならないで黒澤社長に自分の気持ちを伝えなさい。そうすれば、いいことあるかもよ」

いいことか……もちろん奈々や健吾さんが言っていることは理解できる。でも、ふたりには悪いけど、奈々と私とでは状況が全く違う。

元カノに愛情がなく仕事の利益の為に付き合っていた健吾さんとは違い、黒澤社長は彼女を愛している。

今日もデートで食事をする予定だったし、それがダメになると彼女のマンションに行った。今頃、彼女と仲良くお寿司を食べている頃だろう。そしてその後は……。

恋人なら当然のことだと分かっても、あの逞《たくま》しい腕で彼女を抱くのだと思うと胸を抉《えぐ》られるような激しい痛みが走る。

やっぱりダメだ……彼女が居る人を好きになるのは辛過ぎるよ。

もちろん、奈々の生き方や考え方を否定するつもりはさらさらない。奈々はそうやって幸せを掴んだし、健吾さんも本当の愛を知ることができた。

でも私は不器用で恋愛下手な人間だから、そんな風には生きられない。それに、人の幸せを奪えば、きっと一生後悔する。そんな気がして……。

だからこのままでいい。私はこれからも仕事上のパートナーとして黒澤社長を支えていく。

それで十分だと自分に言い聞かせ、その後は黒澤社長のことを極力考えないようにした。

PARTⅢ　涙色のファーストキス

――翌日。

出社するとすぐに黒澤社長のデスクに行き、昨日のお礼を言う。

「で、カフェのオープンには間に合ったのか？」

「はい、お陰様で美味しいチーズケーキとお茶を頂いて楽しい時間を過ごせました」

「そうか、それはよかった」

微笑む黒澤社長に軽く頭を下げ、自分のデスクに戻ろうとしたのだけれど〝あの後〟のことがどうしても気になり、なかなか一歩が踏み出せない。

昨日、黒澤社長のことは考えないようにしようと決めたのに、彼の顔を見てしまうとダメだ。その決意が揺らいでしまう。

「あ、あの、黒澤社長、昨日はあの後……」

そう言い掛けた時、ドアをノックする音がしてICデザイン部の部長が社長室に入ってきた。

「すみません、少しお話が……」

黒澤社長の前に立った部長の表情は硬く、あまりいい話ではなさそうだ。それは黒澤社長も感じているようで、真顔になり部長を見つめる。

「何か問題でも起こったのか？」

「はい。実は、このデザインなのですが……」

部長がファイルから取り出しデスクの上に置いたのは、先日、私が鈴木君から預かってきたイタリアンレストランのロゴマークと店名の字体デザインだった。

「キャンセルか？」

黒澤社長が低い声で訊ねると部長が眉尻を下げ小さく頷く。

「見本を提出して納得して頂き、納品しようとした直前で断られました。おそらくウチ以外のデザイン事務所にも発注していたのでしょう」

「こっちが負けたってことか……」

黒澤社長は手に持っていたペンを乱暴にデスクに置くと悔しそうに舌打ちをする。

そして私は、鈴木君が『僕の自信作です』と言っていた時の笑顔を思い出し、ショックを受けているだろうなと切なくなる。

すると黒澤社長が部長に、キャンセルをしてきたイタリアンレストランに電話をしろと言い出した。

「あぁ……社長、それは……」

慌てた部長が黒澤社長をなだめようとするが、黒澤社長は「電話をかけろ」の一点張り。根負けした部長が不安げな表情で渋々電話をしたのだが、受話器を受け取った黒澤社長の口から出た言葉は「納期の期限までまだ一日ありますので、もう一度、デザインをさせてください」だった。

黒澤社長は〝依頼を受けた全てのクライアントの希望を叶《かな》える〟をモットーに仕事をしている。キャンセルを受けて簡単に引き下がることはできなかったのだろう。

なんとかクライアントを説き伏せ、明日の朝まで猶予を貰ったが、問題は誰がデザインをするかということ。

通常、クライアントからデザイナーの変更希望がない限り、引き続き同じデザイナーが新たなデザインを考えることになっている。だから今回も黒澤社長は鈴木君を指名した。しかし部長が難色を示す。

「鈴木は無理です。キャンセルされたことで動揺していますし、今回は他の社員に任せた方が……」

しかし黒澤社長はそれを認めず、鈴木君にデザインをさせろと譲らない。

私はふたりの押し問答を黙って聞いていたのだが、どうしても我慢できず、その会話に割って入った。

「私も鈴木君が担当するのが筋だと思います。ですが、このデザインを自分の自信作だと言っていた鈴木君が明日の朝までに、これ以上の作品を完成させられるとは思えません。それに……」

「それに、なんだ？」

「……鈴木君に……潰れてほしくない」

私が何を言いたかったのか、黒澤社長には分かったはず。

黒澤社長は椅子の背もたれに深く体を預け、少しの沈黙の後、渋々頷いた。

「分かった。今回に限り担当を変える」

私と部長は顔を見合わせ、ホッと胸を撫で下ろす。

「では、部に戻って早急にデザイナーを決定しますので……」

笑顔になった部長がデスクの上のファイルに手を伸ばすと、その腕を摑んだ黒澤社長が首を振る。

「いや、その必要はない。デザインは俺がする」

「えっ？　社長がですか？」

「そうだ。同じＩＣデザイン部内で担当を変更すれば、鈴木はもっとショックだろ？

それに、このデザインにＯＫを出したのは俺だからな。責任は俺にある」

その言葉を聞き、私は栗林専務の話を思い出していた。

二年前、無理やり私を秘書にした黒澤社長を恨んだけれど、今思うとあの時の彼の判断は間違ってはいなかったのかもしれない。

あのままデザイン部に居たら、私は追い詰められ精神を病んでデザインどころか出社することもできなくなっていただろう。私は黒澤社長に救われたのかもしれない。

そんなことを考えながら黒澤社長に一礼し、自分のデスクに戻ったのだが、部長が社長室を出て行くといきなり「甘いな」という言葉が飛んでくる。

「お前は甘い。鈴木を甘やかしている」

「よく言いますよ。一番甘いのは黒澤社長じゃないですか」

私は笑いを堪え受話器を手に取ると、今日の黒澤社長の予定を全てキャンセルした。

そしてクライアント先のイタリアンレストランにランチの予約を入れる。

ロゴデザインをする上で必要な情報収集をする為だ。

イタリアンレストランの店主から提出された店内の写真などの資料はあったが、実際の雰囲気やメニュー、客層など、直接行かないと分からないこともある。

店内を事細かにチェックして事務所に居る黒澤社長に報告し、インスタに載せるふりをして撮った写真もメールに添付して送信した。

【さすが新垣だな。ありがとう。助かったよ】

黒澤社長からのメールを読み、彼の力になれたことが嬉しくて笑みが漏れる。でもそれは特別な感情があったからではない。

【いえ、私は黒澤社長の秘書ですから、当然のことをしたまでです】

そう、これでいい。私は秘書として黒澤社長のフォローをする。それだけだ。黒澤社長とは仕事だけの付き合いなのだから……。

＊＊＊

しかし私の努力の甲斐《かい》なく定時になってもデザインは上がらず、黒澤社長は残業することになった。

「お前はもう帰っていいぞ」

「でも……」

「資料は揃《そろ》ってる。お前の仕事はないよ」

そう言われると返す言葉がない。実際私が手助けできることは何もなく、あるとすれば、コーヒーを淹れることくらいだ。

　渋々頷き社長室を出たところで声を掛けられ振り返ると、青白い顔をした鈴木君が立っていた。

「あの、黒澤社長のデザインは進んでいますか？」

「心配？」

「はい……僕のせいでこんなことになってしまって……申し訳ありません」

　悲愴感漂うその顔は、いつも元気いっぱいの鈴木君とは別人のよう。

「仕事終わったんでしょ？　ちょっと付き合って」

　私は鈴木君を健吾さんが経営するあのカフェに連れて行く。

　レトロな木の扉を開けると落ち着いたジャズと甘い香りが迎えてくれた。

　店内は仕事終わりのＯＬ達で満席状態。仕方なくカウンターに並んで座る。

　オーダーを済ませ横目で隣の鈴木君の様子を窺《うかが》うと、俯いたまま一点を見つめ微動だにしない。

「キャンセルされたこと、そんなに気にしなくていいから」

「でも、黒澤社長に迷惑掛けてしまいました」

「大丈夫。黒澤社長は迷惑だなんて思ってないから。これはプライドの問題なの」

鈴木君が顔を上げ、不思議そうに首を傾げる。

「プライド……ですか？」

「そう。あれは君のデザインだけど、最終的に黒澤社長が認めたフィールデザイン事務所の作品なの。それがキャンセルになったってことは、フィールデザイン事務所が認められなかったってことになる。だから社長は事務所のプライドの為、自らデザインするって決めたの」

気付けば、私は鈴木君に黒澤社長の仕事に対する想いを延々と語っていた。

「黒澤社長のことを話している時の新垣さんって、凄く熱量が高いですね。なんか、生き生きしてます」

「えっ？」

「そういえば、黒澤社長が新垣さんのことを話していた時も、今の新垣さんみたいでした」

「黒澤社長が？」

いつふたりが私を話題に話をしたのだろうと不思議に思い詳しく聞いてみると、私がイタリアンレストランの視察に行っている間に、黒澤社長がデザイナー変更の件で鈴木君を社長室に呼んでいたのだと。

「デザイナーを変更すると言われて正直、ホッとしました。僕の実力では、明日までに新たな作品をデザインするなんてできませんでしたから」

鈴木君の本音を聞いた黒澤社長は、自分はデザイナーを変更するつもりはなかったと告げ、私に感謝しろと言ったらしい。

「黒澤社長、言ってました。新垣さんの意見じゃなかったら、自分は受け入れなかったって……」

「黒澤社長がそんなことを？」

「はい、それから三十分ほど、新垣さんがデザイナーだった頃の話をしてくれました。才能のあるデザイナーだったって黒澤社長、絶賛していましたよ。そんなに才能があったのに、どうしてデザイナーを辞めてしまったんですか？」

黒澤社長、辞めた理由は言わなかったんだ……。

「うん、色々あってね……それより、鈴木君はどうしてデザイナーになろうと思ったの？」

答えを濁し、半ば強引に話題を変えるが、鈴木君は特に気にする様子もなく素直に自分がデザインをやりたいと思ったきっかけを話し出す。

「たまたま本屋で手に取ったデザイン雑誌に黒澤社長がデザインしたショップの記事

を見つけて、こういう仕事もあるんだって興味を持ったんです」

「だからフィールデザイン事務所に就職したの？」

「はい、黒澤社長みたいなデザイナーになりたくて面接を受けたんです」

「あら、私と一緒ね」

「えっ！　そうだったんですか？」

鈴木君は目をパチクリさせ、そしてようやく笑った。

彼が元気になったことに一安心し、私も笑みが漏れる。そして運ばれてきたチキングラタンを食べ終えるとカフェを出た。

私はバス停に向かって歩いて行く鈴木君の背中を見送りながら、さっき彼が言っていた言葉と、しゃぶしゃぶ店で栗林専務が話していた内容を思い出していた。

「黒澤社長は、本当に私を認めてくれていたんだ……」

そう呟くと黒澤社長の顔が目に浮かび、胸の奥がジンと熱くなる。そしてデザインは完成しただろうかと事務所が入るビルを仰ぎ見た。

もう八時過ぎ。鈴木君には心配いらないと言ったものの、やはり進み具合が気になる。

黒澤社長、何か食べたのかな？　血糖値が下がったら頭も回らなくなるし、まだだったら差し入れ持って行こうかな……。

鞄からスマホを取り出し、社長室直通の電話番号をタップする。しかしコール音は鳴るも、なかなか出ない。

もうデザインが仕上がって帰ったのかもしれないな。

安堵して電話を切ろうとした時、黒澤社長の声が聞こえてきた。しかしその声は少し掠れていて元気がない。

「あの、デザインはもう仕上がりました？」

『あぁ……もう少しだ。明日の朝までにはなんとかする』

「そうですか……じゃあ夕食は？　何か食べました？」

『そんな心配しなくていい。もう切るぞ』

あ、切れちゃった。きっとデザインがまとまらずイライラしているんだ。

作業中に邪魔をされるのは気分のいいものではない。それが分かっていたからこのまま帰ろうと歩き出したのだが、駅が近付くにつれ黒澤社長の覇気のない声がどうしても気になり足が止まる。

やっぱり様子を見に行こう。

回れ右をして今来た道を全力で駆け出す。そして事務所に戻り社長室のドアを開けると――。

「あれ？」

デスクに黒澤社長の姿がない。

不思議に思い室内を見渡してみて驚いた。黒澤社長がソファで横になり小さな寝息を立てていたのだ。

「嘘……寝てる……」

しかし一応、確認した方がいいと思い忍び足でソファに近付いて黒澤社長の顔を覗き込むと……。

わぁ、本当に寝てる。心配して損した。

でもその時、応接テーブルの上にドラッグストアのレジ袋があるのに気付き、中を覗くと風邪薬と空の栄養ドリンクの瓶が入っていた。

えっ、黒澤社長……風邪？

眠っている彼の額に手を当てた私は愕然とする。

凄く熱い。さっきの電話で元気がなかったのは熱が出て調子が悪かったから？

そして昨夜のことを思い出しひやりとした。

もしかして、雨に濡れたのが原因？　だったら私にも責任がある。

「私のせいで、ごめんなさい」

目の前の寝顔に詫《わ》びるとスーツの上着を脱ぎ、彼の背にそっと掛けた。

暫く向かいのソファに座り様子を窺っていたが、デザインの進み具合も気になる。

調子の悪い社長を起こすわけにもいかないし、こんな状況だから仕方ない。

悪いと思いつつ、こっそり黒澤社長のパソコンを確認してみたら、店名の字体デザインは完成していたものの、ロゴデザインがまだ制作途中だった。

大ざっぱで色も決まってない。これ……大丈夫なの？

困り果てて頭を抱えていると、キーボード横の書類が目に留まる。それは、デザインに入る前にマーケティングプランナーがイタリアンレストランの店主にヒアリングした時の資料だった。

店主が希望したのは、人目を引く意外性があるデザイン。しかしあまり派手になり過ぎないものとある。

意外性か……と眉を寄せ、他の資料に手を伸ばすと店主のプロフィールが出てきた。

「店主はイタリア人と日本人のハーフなのね……イタリアでピザ職人をしていたが、二十八歳の時、母親の祖国の日本に来てイタリアンレストランを開業した……」

あ、そうか。だからお客さんの殆どがピザを頼んでいたのか……イタリアンレストランと聞いていたから、もっと畏《かしこ》まった店だと思っていたけれど、行ってみたら意外と庶民的で親しみを感じる店だった。

「店主は昨年、帰化しているから今は日本人だけど、思考はほぼイタリア人ってことか……」

その後も資料を読み漁《あさ》り、徐々に店主の人となりが分かってきた。

でも、どうしてオープン当初から使ってきた慣れ親しんだロゴと店名の字体デザインをわざわざ変えようと思ったんだろう？

そこで私が注目したのが、マーケティングプランナーが備考欄に記していた走り書きだった。

〝日本に来て店をオープンした時は、イタリア人としての誇りを大切にしてきた。しかし今はイタリアを知る日本人として本場に負けない日本のイタリアンをひとりでも多くの人に食べてもらうのが夢〟

その言葉を頭に入れ改めて現在のロゴマークを見ると、どうして店主がロゴを変えようとしたのか、その気持ちが分かったような気がした。

現在のロゴはイタリアの国旗を基調にした円形のノーマルなデザイン。これが店主の言っていた〝イタリアの誇り〟なのだとしたら、今彼が求めているのは〝イタリアを知る日本人としての夢〟。

夢か……そういえば、イタリアでは色にそれぞれ意味があるって聞いたことがある。調べてみると〝夢〟と言う言葉は紫で表現されるということが分かった。

イタリアンに紫ってあまりイメージが結びつかないけど、意外性はある。じゃあ、デザインの方はどうする？　やっぱりピザが人気の店だからそれを感じさせる何かを入れたいな。

次々に浮かんでくるデザイン画を夢中でスケッチブックに描き、パソコンのデザインソフトで色を付ける。でも、数パターン仕上げたところでふと我に返り、私、デザイナーでもないのに何やってるんだろうと虚しくなってきた。

苦笑して立ち上がると、黒澤社長が寝返りを打って私の上着が床に滑り落ちるのが視界に入る。それを拾い上げて再び彼の体に掛けたのだが、間近で見るその寝顔がとても綺麗で、ついその場に跪《ひざまず》き見入ってしまった。

ダークブラウンの前髪から覗くのは、羨ましいくらい長い睫毛《まつげ》。そして鼻筋がスッと通った形のいい高い鼻とほどよい厚みの柔らかそうな唇。

ずっと近くに居たのに、こんなに間近でマジマジと黒澤社長の顔を見たことはなかった。

「いい男だよね……」

ため息混じりの吐息と一緒に正直な気持ちを吐き出すと、体の芯がじわじわと熱くなり、胸がキュッと締め付けられた。

「……黒澤社長？」

そう声を掛け反応がないのを確認し、自分でも聞き取れないような小さな声で囁く。

「奈々が言うように、私、あなたのことが好きなのかもしれない。でも、誤解しないで。黒澤社長を彼女から奪おうなんてこれっぽっちも思ってないから……」

強がってそう言ったわけじゃないのに、涙が溢れてくるのは、なぜ？

堪らず立ち上がり、涙を拭って社長室を出ようとしたのだけれど、私のせいで熱を出したのかもしれない黒澤社長をひとり置いて帰ることができなかった。

自分のデスクの引き出しからひざ掛けに使っているブランケットを取り出し、それを黒澤社長の下半身に掛けると給湯室に行き、ボウルに氷水を入れ戻って来た。そしてよく冷えた水でハンカチを湿らせ、まだ熱い黒澤社長の額にそっと置く。

一瞬、黒澤社長が「んんっ……」と声を漏らしたが、目を開けることはなかった。

暫く定期的にソファから立ち上がり、ハンカチを冷やして額に乗せるという行為を繰り返していたが、久しぶりに根を詰めてデザインをしたせいかどっと疲れが出てだんだん瞼が重くなってくる。

閉じようとする瞼を必死にこじ開けようとするも、睡魔には勝てず、いつしか深い眠りに堕ちていった——。

＊　＊　＊

「ん、んんっ……」

目を覚ました私の視界に最初に入ってきたのは、見慣れない格子柄の白い天井だった。ぼやけた意識のまま視線を前後させると、自分が横たわっているのが黒澤社長が寝ていたはずのソファだということに気付く。

えっ？　何？　どういうこと？

一瞬、この状況が理解できず慌てて飛び起きると黒澤社長が自分のデスクに座り、涼しい顔でコーヒーを飲んでいた。

「黒澤社長……もう起きて大丈夫なんですか？」

彼を気遣いそう言ったのに、黒澤社長は半開きの目で私を見つめ呆れ顔だ。

「お前のイビキがうるさくて寝ていられなかった」

「えっ？　嘘……」

顔面蒼白《そうはく》で固まっていたら「嘘だよ」なんてケラケラ笑うからカチンときた。

デスクに駆け寄り、私がどんなに心配していたかを訴えたのだが「そんなに心配していたら、寝るか？」と痛いところを突かれ反論できなくなる。

「それと、一人掛けのソファじゃ窮屈だと思って移動してやったんだぞ。感謝しろ」

「移動……？」

ちょっと待って。それって黒澤社長が私を抱き上げて運んだってことだよね？　私、知らない間にお姫様抱っこされてたの？

「えっ、えぇーっ!!」

人生初のお姫様抱っこの相手が黒澤社長だと知り動揺したが、もっと恥ずかしいことに気付きうろたえる。

「あ、あのですね、私は身長が百七十センチあります。なので、小柄の女性より若干、重かったかもしれませんが、この身長だと標準よりは痩せているんです。だから、その……」

「何焦ってんだ？　誰もお前が重かっただなんて言ってないだろ？　心配するな。学生時代に出場した米俵担ぎ大会の米俵よりは軽かったから」

「こめ……だわら？」

ってことは、お姫様抱っこじゃなく担いだってこと？　というか、米俵担ぎ大会って、そんな大会本当にあるの？

「残念ながら準優勝だったけどな」

申し訳ないけど、順位なんて全く興味がない。

引き気味で顔を引きつらせていたら、黒澤社長がデスクの上のパソコンを指差し、上目遣いで私を睨んできた。

「そんなことより、お前、俺のパソコン勝手に触っただろう？」

「あっ……」

「ロゴマークのデザインの続きをしようと思ったら、デザインした覚えのないロゴがわんさか出てきて、熱で記憶がぶっ飛んだんだと思って焦ったぞ」

そうだった。私ったら夢中でデザインしてそのまま放置しちゃってたんだ。

「す、すみません」

これはまずいことをしてしまったと慌てふためく。が、私を睨んでいた黒澤社長の顔が綻び、ニッコリ笑う。

「どれもいいデザインだった」

「えっ？」

褒められただけでも驚きだったのに、黒澤社長は私がデザインしたロゴマークを採用するなんて言うから仰天して腰が抜けそうになる。

「そ、それはダメです！」

「なぜ？」

「だって、黒澤社長がデザインするって決めたじゃないですか」

「確かに俺がデザインすると言ったが、別にどうしても俺がしなきゃいけないってものでもない。いいデザインがあればそれを採用する。当然のことだ」

こんなに簡単に決めてしまっていいのだろうかと不安になったが、決定権は黒澤社長にある。戸惑いながらも納得すると、またあの話を蒸し返してきた。

「こんなセンスのいいロゴをデザインできるんだ、エルフ化粧品のコンペは絶対参加しろよ」

「あ……」

完全に自爆。どうやら私は自分で自分の首を絞めてしまったようだ。このままでは本当にコンペに参加させられてしまう。

追い詰められた私は黒澤社長の言葉を遮り、コンビニで朝食を買ってくると言って社長室を飛び出した。

困ったな……イタリアンレストランのロゴはたまたま資料を読んで閃《ひらめ》いただけ。偶然の産物なのに。

後ろ向きの気持ちのまま、黒澤社長にビニール傘を買ってもらったあのコンビニでサンドイッチとおにぎりを買い事務所に戻った。

「んっ？　俺の好きな鳥五目のおにぎりじゃないか！　赤飯のおにぎりもある。さすが新垣だな。俺の好みをよく分かってる」

なんとか黒澤社長の気を逸らすことに成功し、ふたりしてソファに腰を下ろして朝食を食べ始めたのだが、突然彼が朝一で出掛けるので私にも同行しろと言う。

そんな予定はなかったはず。と思いながらコーヒーカップに手を伸ばし、目の前に座っている黒澤社長にどこに行くのか訊ねると「レジャーホテルだ」という答えが返ってきた。

レジャーホテル？　それって……ラブホテルのことだよね？

「ぐっ……」

想像もしていなかった行先を告げられ、思わず口に含んでいたコーヒーを噴き出しそうになる。

慌てて口を押さえたまではよかったが、直後、手が滑りコーヒーカップを落としてしまった。

私の手から離れたコーヒーカップは応接テーブルの上で大きく跳ね、その弾みでカップに残っていたまだ熱いコーヒーが豪快に飛び散る。そしてそのしぶきは黒澤社長の淡いブルーのワイシャツを茶色く染めていった。

「わわっ！　大丈夫ですか？」

「バカ！　大丈夫なわけないだろ？」

「す、すみません」

黒澤社長が立ち上がったので、私もつられて応接テーブルの上にあったコンビニで貰ったおしぼりを持って立ち上がる。で、彼の喉元に点々と散らばったコーヒーの滴を拭いていたのだけれど……。

「ひっ！　は……だか」

気付いた時には黒澤社長はワイシャツを脱ぎ捨て上半身裸になっていた。露《あら》わになった割れた腹筋と引き締まった腰。その姿に男性経験のない私は悶絶《もんぜつ》。鼻の奥がツンとして鼻血が出そうになる。

「ったく……朝っぱらからコーヒーぶっかけられて最悪だなぁ……」

「そ、それは、黒澤社長が変なことを言うから……」

しかしその後、話を聞くと、私がコンビニに行っている間に昔から懇意にしているビジネスホテルのオーナーから電話があり、新たな事業展開として高級レジャーホテルを手掛けることになったので、内装デザインを黒澤社長に任せたいと言ってきたらしい。今回はその視察なのだとか。

「廃業した昔で言うラブホテルを買収して大改装するそうだ。工事に掛かる前に一度、間取りを見に来てくれって言われてな」

「そ、それならそうと初めから言ってくれれば……」

「そんな暇なかったろ？」

あ、確かに……。

自分の非を認め、もう一度謝ろうと顔を上げたのだけれど、再び黒澤社長の裸体が目に飛び込んできて慌てて視線を逸らす。

「……あ、替えのワイシャツ持ってきますね」

目を伏せたままクローゼットにワイシャツを取りに行こうとしたのだが、不意に腕を摑まれ力任せに引っ張られる。意表を突かれ無防備だった私の体は黒澤社長の胸の中へと飛び込んでいく。

滑らかな肌に直接頬が触れ彼の温もりが伝わってくると、まるで全身の血が沸騰したみたいに体温が急上昇して息が止まりそうになった。

そして聞こえてきたのは、痺れるような甘い声。

「なんなら、視察ついでにホテルの部屋で全部見せてやってもいいぞ」

一瞬、頭の中が真っ白になって完全に思考が停止する。だが、すぐに我に返り、黒澤社長の胸を押した。

「ここは会社です。冗談はやめてください！」

すると急に真顔になった黒澤社長が私の後頭部に手をまわし、強引に逞しい胸に引き戻す。

「仕事では怖いくらい気が利くのに、それ以外は超鈍感だな」

えっ？　何それ？　と思った次の瞬間、ノックの音がして黒澤社長が返事をする間もなく社長室のドアが勢いよく開いた。

「黒澤社長、おはようございま〜す！　この前、相談した洋菓子店のホームページの件なんですが……あっ……」

明るい声で社長室に入ってきたのは磯野さんだった。彼女は私と上半身裸の黒澤社長が抱き合っている姿を見ると顔を引きつらせ、呆然《ぼうぜん》とその場に立ち竦《すく》む。

激しく動揺した私は黒澤社長の体を突き飛ばし、壁の時計と磯野さんの顔を交互に見た。

まだ七時過ぎだ。こんな早い時間にどうして？

でも今は彼女の出勤時間なんてどうでもいい。変な誤解をされないようこの状況をちゃんと説明しないと。

「磯野さん、これはね、たまたま私がコーヒーを零《こぼ》して黒澤社長のワイシャツを汚してしまったから着替えを手伝っていただけなの」

しかし磯野さんの表情は全く納得しているようには見えない。冷めた目で私を凝視し、不機嫌この上ないという感じだ。

そうだよね。私が磯野さんの立場でも、こんな説明じゃ絶対納得しないもの。でも、それが真実だから他に言いようがない。

どうしたら信じてもらえるだろうかと思案していると、磯野さんが部屋の奥に居る黒澤社長に満面の笑みを向け「新垣さんが居ない時にまた来ますね」と挑発的な言葉を残し社長室を出て行った。

最悪だ……。

振り返った私は呑気に新しいワイシャツに袖を通している黒澤社長の元に駆け寄り

不満たっぷりに言う。

「黒澤社長があんなことをするから磯野さんに誤解されたじゃないですか」

「誤解って、なんの誤解だ？」

嘘……今の私と磯野さんのやり取りを聞いてなかったの？

「ですから、私と黒澤社長が、その……付き合っていると誤解したと思いますよ。黒澤社長もそんな誤解されたら迷惑でしょ？」

しかし黒澤社長から返ってきた言葉は「別に……」だった。

「そう……ですか」

なんだか、私ひとりで大騒ぎしてバカみたい。

「でも、驚きました。磯野さん、こんなに早く出社して仕事しているんですね」

「何言ってるんだ？ 磯野は仕事なんかしてないぞ」

「えっ？ じゃあ、なんの為にこんなに早く出社しているんですか？」

「さぁな。毎日、このくらいの時間にここに来て今事務所内で起こっていることや、社員同士のゴシップなんかを延々と喋ってるよ」

黒澤社長の話では、磯野さんは始業時間までの二時間ほどを社長室で過ごしているらしい。

「二時間も社長室に？　それ、ホントですか？」

「あぁ、まだ入社したばかりなのに他の社員の家庭事情までよく知ってな、あの情報収集能力はたいしたものだ。俺も社長として社員のことは知っておきたいから、助かってるよ」

何気にショックだった。

秘書として会社での黒澤社長の行動は全て把握していると思っていたのに、そんなことになっていたなんて全然知らなかった。

でも、それより驚いたのは、いくら情報が欲しいと言っても、仕事中の黒澤社長が磯野さんの話を毎日、二時間も聞いていたってことだ。

デザインをしている時の黒澤社長は集中力が切れるのを嫌い、まだ社員が誰も出社していない早朝を選んで自分の仕事をしていた。だから私も黒澤社長から出社は始業時間ギリギリでいいと言われていたのに……。

磯野さんのお喋りはＯＫなんだ……なんだかモヤモヤする。

＊　＊　＊

——二時間後……。

始業時間になり、全社員が揃ったのを確認して朝礼が始まる。

朝礼の最中、磯野さんは黒澤社長の隣に立っている私をずっと睨んでいた。

やっぱり磯野さんは納得してない。私と黒澤社長のことを疑っているんだ。

そんな磯野さんのことが気になったが、今彼女に関わっている時間はない。朝礼が終わるとイタリアンレストランの件をICデザイン部の部長に任せ、黒澤社長と慌ただしく事務所を後にした。

社用車は他の社員が使用予定を入れていたので黒澤社長が通勤に使っているドイツ車で郊外にあるレジャーホテルに向かう。

途中、黒澤社長が何度か咳をしていたので心配になり「病院に行かなくて大丈夫ですか?」と声を掛けたのだが「平気だ」の一点張りで聞く耳をもたない。

「本当に大丈夫ですか? 無理しないでくださいね」

「あぁ、そんなことより仕事だ。もうすぐ着くぞ」

「あ……」

出発した時は仕事ということもあり、特に意識はしていなかったのに、ホテルに到着すると思った瞬間、急に緊張してきた。

「どうした？　怖い顔して」

赤信号で車が停車したタイミングで黒澤社長が私の顔を覗き込んでくる。

「べ、別に……普段からこういう顔です」

緊張していることがバレるのがイヤで助手席の車窓へと視線を流すも、黒澤社長の長い指に顎を摑まれ強引に彼の方に顔を向けられた。

「なぁ？　なんであの口紅付けないんだ？」

「えっ……」

「お前に似合うと思って買ってきたのに……」

不満そうな顔をする黒澤社長から目を逸らし、心の中で嘘ばっかりと呟く。

あれはエルフ化粧品のロゴコンペの為の資料。私に似合うからという理由で買ってくれたわけじゃない。

信号が青に変わり車が動き出すと、私は小さな咳払いをして偽りの理由を語る。

「あのですね、黒澤社長は男性ですから分からないかもしれませんが、メイクをする時は、チークやシャドーと色を合わせるんです。口紅だけ色が違ったら変でしょ？」

「なんだ……まだ封も開けてないのか」

「えっ？　なんですか？」

「なんでもない。ほら、着いたぞ」

その声にドキッとして前を向くと、車が白い建物の一階駐車場に入って行くところだった。

本来の目的とは違うけれど、私にとっては生まれて初めてのレジャーホテルだ。

建物の裏にある関係者用の通用口から中に入ってオーナーが待つ事務所へと向かう。事務所の壁には多くのモニターが並んでいて、それを見ただけでイケナイ妄想が膨らみ冷静ではいられない。

「このホテル、つい十日前まで営業していたんですよ。まだ客室の方も手付かずで、ベッドや備品もそのままになっています。取りあえず客室の中を見てください」

オーナーに案内され狭いエレベーターで二階に上がり、普通のビジネスホテルとは雰囲気が違う薄暗い廊下を歩いて行く。そしてオーナーがひとつのドアの前で立ち止まってドアノブに手をかけた。

「部屋によって間取りが違いますので、確認をお願いします」

興味津々で開け放たれたドアの向こうを覗き見ると、独特な空気と匂いが漂ってくる。

その艶《なま》めかしい雰囲気にドキドキしながら窓のない室内に入り、図面片手に写真を撮っていたのだが、硝子張りで丸見えのバスルームや、やたら大きいベッドを目の前にすると、またイケナイ妄想が頭の中で駆け巡り仕事どころじゃない。

赤くなっているであろう頰を押さえチラリと黒澤社長を見れば、俯き気味にオーナーの話を聞いていた。

黒澤社長、なんか変だな。いつも視察の時はクライアントを質問攻めにして希望を確認しているのに、今日はやけに大人しい。

不思議に思いチラチラと視線を向けていたら、オーナーのスマホが鳴り出した。

数分後、電話を終えたオーナーが黒澤社長に何やら耳打ちをして部屋を出て行く。

「オーナーさん、どうかしたんですか？」

「あのオーナーは他にも都内で幾つかホテルを経営しているんだが、池袋のホテルで問題が起こったそうだ。戻って来れないかもしれないので視察が終わったら事務所に居る職員に声を掛けて帰ってくれって言われたよ」

……ということは、この艶めかしい部屋に黒澤社長とふたりきり？

そう思った途端、あり得ないくらい心臓が騒ぎ出した。

ダメだ。私、黒澤社長のことを意識し過ぎて自ら変な空気を醸し出している。ここは何か話を振って雰囲気を変えないと……あっ、そうだ。あのこと……。

頭に浮かんだのは、黒澤社長に言われた〝鈍感〟という言葉。

気持ちを落ち着かせ、ベッドの横に立ち資料を眺めている黒澤社長にその意味を聞こうとしたのだが、突然彼が咳き込みベッドに座り込んでしまった。

「黒澤社長？　大丈夫ですか？」

驚いて駆け寄るも、黒澤社長の咳は止まらず苦しそうに顔を歪めている。

もしかして、風邪がぶり返した？　だから様子がおかしかったの？　でも、いつから調子が悪かったんだろう？

……まさか、私がコーヒーでワイシャツを汚してしまった時、暫く裸でいたから？

あれが悪かったのなら、また私のせいだ。

責任を感じ、黒澤社長の横に座って夢中で背中を擦っていると、徐々に咳が治まり落ち着いてきた。

「あぁ……良かった」

しかし安堵したのも束《つか》の間、偶然触れた黒澤社長の手は燃えるように熱かった。

手が熱いってことは、随分前から熱があったってことだ。

「黒澤社長、調子が悪いならそう言ってくれないと……いったいいつから熱があったんですか？」

思わず強い口調で問うと黒澤社長が気怠そうに顔を上げる。

「あ……」

こんな時に不謹慎だけど、熱を孕んだ瞳に射抜かれ僅かな時間呆《ほう》けてしまった。が、その直後、黒澤社長の体が揺れゆっくりこちらに倒れてくる。

えっ？　な、何？

慌てて支えようと踏ん張ったが、力が抜けた男性の体は思った以上に重く、そのまま巻き込まれてベッドに倒れ込んでしまった。

押し倒されたような体勢になり、驚きで声も出せず固まっていると、上になった黒澤社長が肩で大きく息をしながら掠れた声で呟く。

「もう、限界なんだけどな……」

……限界？

それは、初めて聞く黒澤社長の弱音だった。

納期が迫り徹夜が続いても決して後ろ向きなことは言わない黒澤社長がそんなことを言うってことは、相当辛いんだ。

言葉の意味を理解した私はハッと我に返り、一瞬にして仕事モードに切り替わる。

黒澤社長の腕の中から抜け出し「やはり、病院に行きましょう！」と叫ぶ。

さっき車の中で咳をしていた時、もっと強く病院行きを勧めるんだった。私がもう少し気に掛けてあげていれば、こんなに悪化せずに済んだのかも……。

激しく後悔するも、黒澤社長は大したことはないから事務所に戻ると言って聞かない。

「絶対、ダメです！　自分でもう限界だって言ったじゃないですか！」

「そういう意味で言ったんじゃない。そろそろ気付けよ……鈍感」

「えっ？　また鈍感？」

本日二度目の鈍感発言に困惑して首を傾げた。

「いったい私のどこが鈍感なんですか？」

「もういい。あまりデカい声を出すな……頭に響く」

その言葉を最後に黒澤社長は何も言わなくなり、また咳をして苦しそうに眉を顰《ひそ》める。

私はすぐに戻ると黒澤社長に声を掛け、部屋を飛び出し全速力でホテルの事務所まで走ると職員の男性を連れて部屋に戻った。

その男性に手伝ってもらってなんとか黒澤社長を車の後部座席に乗せ、自分は運転席に乗り込む。

「おい、お前、運転できるのか？」

意識が朦朧《もうろう》としていても私の運転は心配のようだ。

「任せてください。ゴールド免許です」

そう啖呵《たんか》を切ったものの、ここだけの話、四年近くハンドルを握ったことがない生粋《きっすい》のペーパードライバーだ。それに、左ハンドルの高級車なんて運転したことがない。

ええい、ぶつけたら素直に謝って保険で直してもらえばいい！

覚悟を決めエンジンをかけてアクセルを踏み込む。

途中、高速の合流でちょっと戸惑ったが、なんとか無事に会社の近くまで戻って来ることができた。

そして会社の健康診断でお世話になっている医院で診察してもらうと、肺炎の心配はなくただの風邪だと判明。でも、熱が高めなので安静にするようにと指示された。

「このまま自宅までお送りします」

「いや、タクシーで帰るからいい」

「いいえ、これも秘書の仕事です。それに、こんな病人が乗ったらタクシーが迷惑ですよ」

渋る黒澤社長を再び後部座席に乗せ、自宅マンションに向け出発する。

ナビの案内で到着した場所は立派な家が立ち並ぶ閑静な住宅街だった。その中でもひと際目立つおしゃれな低層マンションが黒澤社長の自宅。

わぁ、素敵なマンション。私もこんなところに住んでみたいなぁ。

車を駐車場に入れて羨望の眼差しでマンションを眺めていたら、黒澤社長が「お前はもういいから帰れ」と言って車から降り、歩き出した。だが、すぐに足がもつれて倒れそうになる。

見かねて玄関までのつもりで付き添うも、真っすぐ歩くこともできない黒澤社長をひとり置いて帰ることもできず、半ば強引に家に上がり込んだ。

何これ、まるでモデルルームじゃない。

大理石が敷き詰められた玄関ホールの先には幅の広い長い廊下が続いていて、片方の壁は全面が硝子張りになっている。そこから見えるのは、手入れが行き届いた緑豊かな中庭。

黒澤社長の体を支えその廊下を行き、突き当たりのドアを開けると落ち着いた雰囲気の広いリビングが現れた。奥には立派なオープンキッチンも見える。

「あの、寝室は……？」

黒澤社長が力無く指差したドアを抜け、再び廊下を歩いてようやく辿り着いた寝室には、レジャーホテル並みのキングサイズのベッドが鎮座していた。

　ふらつきながらなんとか黒澤社長をベッドに座らせたのだが、私の支えがなくなると倒れ込むようにベッドに横になり、肩を大きく上下させ苦しそうな荒い息を繰り返している。

　これは思ったより重症だ。

　取りあえず彼のネクタイを解き、フカフカの掛け布団を静かに体に掛けた。

　この様子じゃ起き上がるのは無理だ。手が届く所に飲み物を置いておかないと……それと消化がよくて簡単に食べられるもの。あとは氷嚢《ひょうのう》があればいいのだけれど……。

　寝室を出てリビングに戻った私は改めて部屋を見渡してみた。

　それにしても……綺麗過ぎる。

　見事なまでに整理整頓されているリビングには塵《ちり》ひとつ落ちていない。本当にここに人が住んでいるのかと疑いたくなるほど生活感が全くなかった。

　確かに黒澤社長は綺麗好きだけど、ここまでとは……。

　感心しつつキッチンに行くと、ここもピカピカで顔が引きつる。

　でも、よくよく考えてみれば、黒澤社長は一日の殆どを会社で過ごし自宅にはほぼ寝に帰るだけ。そんな生活だから散らかす暇もないのかもと無理やり自分を納得させ、冷蔵庫の前に立つ。

勝手に人の家の冷蔵庫を開けるのは抵抗があったが、今は緊急事態だから仕方ない。ミネラルウォーターくらいは入っているだろうと期待を込めて冷蔵庫を開けたのだが……。

「えっ？　嘘……」

予想に反して冷蔵庫の中は多くの食材と調理済みの料理が整然と並んでいた。筑前煮《ちくぜんに》に煮込みハンバーグ、白身魚のカルパッチョにロールキャベツ……何これ？

暫くフリーズしてやっと気付いた。

そういうことか……部屋を完璧に片付け、この料理を作ったのは〝宮川瑠奈〟。黒澤社長の彼女だ。どうしてすぐに気付かなかったんだろう。

黒澤社長の彼女は私が思っていた以上に家庭的な女性だった。仕事以外は並以下の私とは大違いだ。

言いようのない敗北感が胸を締め付けどんより落ち込むも、すぐに顔を上げる。

……なんで私がショックを受けているんだろう。そもそも彼女と張り合うつもりなんてないし、どんな女性だろうと私には関係ない。

素早く冷蔵庫からミネラルウォーターのペットボトルを取り出すと「そう、私には関係ない……」とあえて声に出し、小走りで寝室に向かう。

しかし私が寝室に戻ると、医院で打ってもらった注射が効いたのか、既に黒澤社長はぐっすり眠っていた。

ペットボトルをサイドテーブルの上に静かに置き、細く長い息を吐く。

「秘書としての仕事はここまで……」

そう呟き帰ろうとしたのだが……。

あっ！　帰るのはいいけど、戸締まりはどうしよう。私がこのまま帰れば、部屋の鍵は開いたままになってしまう。

マンションの玄関は二重のオートロックになっているから外部から不届き者が入って来る可能性は低いと思うが、病人が寝ている部屋の鍵をかけずに帰るのはやっぱり抵抗がある。

だったら黒澤社長が持っている鍵を借りればいいということになるが、そうなると部屋の中に居る黒澤社長に鍵を返すことができない。ポストに入れておくという手もあるけど、不用心だ。

一番いい方法は黒澤社長を起こすということだ。でも、あんなに辛そうだった黒澤社長がやっと落ち着いて眠っているのに起こすっていうのも可哀想だし……。

迷った末、黒澤社長が起きるのを待つことにし、事務所に少し遅くなると電話を入れた。途中、電話を代わったICデザイン部の部長からイタリアンレストランの店主の反応がすこぶる良かったと報告を受ける。採用を前提に検討させて欲しいと言われたそうだ。

黒澤社長が目を覚ましたら一番に伝えたい。

そんな思いでベッド横の床に腰を下ろし、黒澤社長が起きるのを待っていたのだが、一時間経っても黒澤社長は夢の中。なかなか目を覚まさない。

なんだか私まで眠くなってきたな……。

大きく伸びをして壁にもたれ掛かると黒澤社長が寝返りを打ってこちらに顔を向けた。

一瞬にして眠気が飛び、私の目は無防備に眠るその寝顔に釘付《くぎづ》けになる。

起きている時は私をからかって憎たらしいことばかり言う人だけど、寝ている時はとっても優しい顔をしている。

ベッドに肘をついて彼の顔を眺めていると色んな感情が湧き上がってきて、心の奥底に押し込めた想いまでもが溢れ出す。

彼女が居る人を好きにはなれないと無理やりその想いを封印してきたけれど、今、私は間違いなく黒澤社長を愛しいと思っている。

栗林専務や鈴木君に黒澤社長の本心を聞いた時は戸惑ったけど、私のことを認めてくれていたんだと思うと嬉しかった。

不意に抱き締められた時もそう。本当は嬉しかったのに、私はそういうことに慣れていないから、どう対処していいか分からなかった。ついムキになって怒鳴ったりしたのは、照れ隠し。黒澤社長に私の気持ちを知られるのが怖かったから。変にプライドが高いところが私の悪いところだよね。

そして奈々が言っていた『黒澤社長に彼女が居ても諦めず気持ちを伝えた方がいい』という言葉が頭の中でリフレインして理性が崩壊しそうになる。

奈々と健吾さんが言っていた通りだよ。私は黒澤社長が好き……。

それはもう誤魔化すことができない事実。でも、彼女の存在感をまざまざと見せつけられた今、その想いを伝える勇気はなかった。

「黒澤社長……」

震える声でその名を呼べば、胸が切なく揺れどうしようもなく悲しくなる。

私には奈々みたいな大胆な賭けはできない。だけど諦めるのなら、せめて初めて好きになった男性との思い出を作りたい。ずっと心に残る思い出を……。

その切なる願いが私を突き動かす。

床に膝をつき、眠る黒澤社長を見下ろすと引き寄せられるように腰を折る。

もちろん罪悪感はあった。彼女には本当に申し訳ないと思ったけれど、どうかお願い。初めて本気で好きになった黒澤社長との思い出を私にください……。

そして私は柔らかい吐息を肌に感じながら自分の唇を眠る彼の唇へと近付けていく。

しかしあと数ミリで唇が触れるという時、突然、夢から覚めたように我に返り、自分がしようとしていた行為に震える。

私、何やってるんだろう……？

ギリギリのところで踏みとどまることができたことに安堵したが、次の瞬間、黒澤社長が顔を動かしたものだから、その弾みで意図せず彼の唇が私の唇に……触れた。

「嘘……私、黒澤社長とキス……しちゃった」

でもそれは、瞬きするよりも遥かに短い、ただ掠っただけのもの。はたしてこれを本当にキスと呼んでいいのかと疑問に思うほど一瞬の出来事だった。

けれど、熱で少しかさついた唇の感覚は私の唇にしっかり残っている。

これが、私のファーストキス。二十九年間ずっと憧れてきた、愛する人との初めてのキス……。

　しかし喜びや感動という感情より、彼女が居る人とキスしてしまったという罪悪感と後悔が私の胸を締め付けた。

　どうしよう……とんでもないことをしてしまった……。

　その時、黒澤社長の瞼が少し開いたような気がして体がビクッと跳ね上がる。

　まさか……気付いてないよね？

　体が小刻みに震え、一気に全身の血の気が引いていくのを感じた。

　後悔しない為の行動が、今最大の後悔となって私に圧《お》しかかっている。

　私、人として最低のことをしてしまったんだ。

　慌てて立ち上がったせいでサイドテーブルに手が当たり、ミネラルウォーターのペットボトルが床に転げ落ちる。その音に反応して黒澤社長が薄目を開けた。

「……新垣か？」

「す、すみません。わ、私、帰りますので……戸締まりの方、宜《よろ》しくお願いします」

　破裂しそうな心臓を押さえ寝室を飛び出すと、夢中で走りマンションを後にした。

＊　＊　＊

——その日の夜、仕事を終え自分のマンションに帰った私はビール片手にローテーブルの上のスマホをジッと眺めていた。

あのキスのこと、奈々に相談しようかな……でも、たまたま偶然触れてしまった事故のようなキスだったとしても、奈々のことだ。キスしたいと思ったのなら、ちゃんと告白しろと言うに決まっている。

まだキスの感覚が残る唇を指でなぞり「やっぱり奈々には相談できないな」と呟いた時、突然スマホが鳴り出す。

思わず「キャッ！」と叫び声を上げ、まさか黒澤社長じゃないよね？　と恐る恐るディスプレイを覗くと、そこに表示されていたのは母親の名前だった。

「なんだ、お母さんか……」

ホッとして電話に出たのだが、いきなり耳を劈《つんざ》くような母親の怒鳴り声が聞こえてくる。

『沙良！　いったいいつになったら婚約者をこっちに連れて来るの？』

ああっ！　そうだった。呉服屋の若旦那に結婚を前提に付き合ってほしいと言われた後、速攻で母親に電話をして近々実家に連れて行くって言っちゃったんだ……。

「えっと、それは……」

破談になったことを正直に話そうと思ったけれど、家族全員楽しみに待っていると言われて言葉に詰まる。

『父さんもこれでやっと肩の荷が下りるって喜んでたわ。やっぱり、孫の美菜《みな》より娘の花嫁姿を見たいのよ』

美菜とは、高校を卒業したら結婚すると言っている兄の娘。私の姪っ子だ。相手の男性は美容師だそうで、美菜がカットモデルになったのがきっかけで付き合うことになったらしい。

『美菜の婚約者はとってもいい人よ。二十七歳でもう自分のお店を持って頑張っているし、この辺りじゃ腕のいいイケメン美容師だって有名なんだから～』

そんな話を聞かされると益々《ますます》本当のことが言えなくなる。

『で、沙良の彼は何をしている人なの？』

あれ？　呉服屋の若旦那って言わなかったっけ？

当時はかなり興奮していたから母親と電話で何を話したか覚えていなかった。

それからも母親は私の婚約者がどんな人なのかテンション高く聞いてくる。追い詰められた私は四面楚歌《しめんそか》状態。

『もしかして、同じ会社の人？』

「あ、う、うん……」

『あら、じゃあデザイナー？　もちろんイケメンよね？』

母親が男性を評価する時の基準はただひとつ。イケメンかイケメンじゃないかなのだ。

「ま、まあね……」

『じゃあ、会うのが楽しみだわ～。それで、いつこっちに来るの？』

「それは……今仕事が忙しくて……落ち着いたらね」

後ろめたさを感じつつ電話を切ると、スマホを放り投げため息をつく。

嘘ついちゃったな……でも、いつかは本当のことを言わないと……。

PARTⅣ　愛を知ったカラダ

――翌朝、フィールデザイン事務所。

出社し、黒澤社長が事務所に来ていると分かった瞬間、私はどんより落ち込む。

風邪が治ってよかったと思う反面、できれば彼の顔を見たくないという思いが強く、暫くの間、社長室のドアを開けることができなかった。

原因は昨日のあのキスだ。黒澤社長は気付いていないようだったけれど、とんでもないことをしてしまったという罪悪感は消えない。もし私が黒澤社長の彼女なら、眠っている彼氏に勝手にキスされたら絶対に許せないもの。

でも、いつまでもこうやってドアの前に立っているわけにはいかない。

「……おはようございます」

深呼吸をして気持ちを落ち着かせドアを開けると、黒澤社長がパソコンの画面から視線を上げ、ポカンとした顔で私を見る。そして意味不明なことを口走った。

「電話がかかってくると思っていたのに……」

「電話が？　誰からですか？」

「お前から……」

私から？　そんな約束した覚えはないけど……。

まだ熱があってわけの分からないことを言っているのではと心配になり、黒澤社長のデスクに近付いて顔を覗き込むが、顔色はいいし調子が悪いようには見えない。

「どうして私から電話がかかってくると思ったんですか？」

不思議に思い訊ねると、自分の風邪がうつって今日は仕事を休むと電話がかかってくると思ったとのこと。

なんだ、そういうことか。

「ご心配なく。この通りピンピンしています」

笑顔で返したのだが、次に黒澤社長が発した言葉に私は絶句し、意識が飛びそうになる。

「俺にキスしたのに風邪がうつらなかったのか？」

えっ？　嘘……キスしたことに気付いていたの……？

その衝撃たるや相当なもので、処女だとバレた時のショックを遥かに上回っていた。

呆然としている私に黒澤社長は容赦ない一言でとどめを刺す。

「でもまさか、お前の方からキスしようとしてくるとは思わなかったよ」

ニヤリと笑う黒澤社長に愕然とする。

あのキスのせいでどれほど悩み、罪悪感に苛《さいな》まれたことか。お陰で昨夜は殆ど眠れなかった。でも、黒澤社長にとってあの出来事はそれほど大したことではなく、私をからかう材料のひとつくらいにしか思っていないんだ。

こんなに無神経な人なのに、どうして好きになっちゃったんだろう。

でも、黒澤社長がそういう考えなら、認めてしまったら最後、きっと、ずっとこのことを話題にされてからかわれるに決まっている。

「キス？　さぁ？　記憶にございません。黒澤社長、熱があったから夢と現実がごっちゃになっているんじゃありませんか？」

「……夢？」

首を傾げる黒澤社長を見て、きっと彼の記憶も曖昧なのだろうとホッとする。

このまま夢ということにしてしまおう。だってあれは不可抗力、事故のようなものだもの。

平静を装い自分のデスクに行こうとしたのだが、再び黒澤社長が口を開く。

「……それと、昨日は迷惑掛けてすまなかったな。お前が居てくれて助かったよ」

ジンと胸に沁《し》みる優しい声。

フルフルと首を振り「たいしたことじゃありません」と言って自分のデスクに座る。

でも、やっぱり黒澤社長が傍《そば》に居ると意識してしまって、時々キーボードを打つ手が止まり、あのキスをした瞬間を思い出してしまう。

——ダメだ。気が散って仕事にならない。

のぼせた頭と火照った顔をクールダウンしようとトイレに立ち、なんとか気持ちを落ち着かせ社長室に戻ろうとしたその途中、ウェブデザイン部から出て来た栗林専務とバッタリ会う。

「よう、隼人に聞いたぞ。イタリアンレストランのロゴデザインをしたそうじゃないか。デザイナーに戻る気になったのか？」

「まさか……あれはたまたまで、そんなつもりはないですよ」

苦笑いを浮かべ首を振ると、栗林専務が肩を窄《すぼ》めて口をへの字に曲げる。

「やれやれ、まだその気にならないのか。困ったお嬢さんだ」

「栗林専務が困ることはありませんよね？」

笑いながらそう言って栗林専務と別れたのだが、数歩歩いたところで彼に呼び止められた。

「そうそう、今から大森物産《おおもりぶっさん》の社長と商談室で打ち合わせをするんだけど、あの社長には色々世話になってるから、隼人にも挨拶に来るよう言ってくれ」

「あ、はい。分かりました」

社長室に戻り、栗林専務の言伝を伝えようと黒澤社長のデスクの前に立つと、腕組みをして図面と睨めっこしていた黒澤社長が眉間にシワを寄せたまま顔を上げる。

そして無言で私を手招きするので、図面を見ろってことなのかなと思い体を乗り出してデスクの上を覗き込むと、意外な言葉が耳に飛び込んできた。

「なぁ、あのキス、夢じゃないだろ？」

「えっ……」

弾かれるように顔を上げれば、黒澤社長の顔がすぐそこにあり、慌てて後ろに飛び退くも、既に彼の手は私の手首を掴んでいた。

「この香り……あの時も微かに同じ香りがした」

どうして？　夢ってことにしてくれれば、今までと何も変わらず接することができるのに。

「俺が好きだからキスしようとしたんだろ？　だが、お前がキスする前に俺が寝返りを打ったからその前に唇が触れてしまった……」

「違う……キスなんかしていません」

「だったらなぜ、寝返りを打っただけで唇が触れるような距離にお前の顔があったんだ？」

黒澤社長にとってあのキスは取るに足らない出来事だったはず。なのに、どうしてそんなにムキになって真実を知ろうとするの？

「それは……熱が下がったか確認しようと思って……」

これからも秘書として黒澤社長の傍に居たいから認めたくない。それにもし、黒澤社長の口から直接〝自分には彼女が居る〟と言われてしまったら……。

黒澤社長に彼女が居るということは随分前から分かっていたけれど、どんなに問い詰めても彼女の存在を認めることはなかった。以前の私はそんな黒澤社長に苛立ちを覚えていたが、今は彼から決定的なその言葉を聞くのが堪らなく怖い。

だから、もうこれ以上何も聞かないでと切なる想いを込め黒澤社長を見つめるも、その願いは彼には通じなかったようで、更に強く手首を握り、責めるような眼差しを私に向ける。

「本当のことを言うのが、そんなにイヤか？」

イヤ。絶対にイヤ。お願いだから、もうキスのことは言わないで。

心の中で悲痛な声を上げると涙が溢れ出し、目の前の黒澤社長の顔がぼんやりと滲んでいく。

だけど、今ここで泣くわけにはいかない。この涙が零れ落ちれば、私が嘘をついていると黒澤社長にバレてしまうから。

知られたくない。私があなたを好きだということを……。

唇を噛み締めその涙を必死に堪えていると、彼が私の目に溜《た》まったそれに気付き、困惑した表情を見せる。

「お前……泣いているのか？」

明らかに黒澤社長の声のトーンが下がり、動揺しているようだった。

「泣いてなんか……いません」

私が声を絞り出した直後、デスクの上にあったスマホが鳴り出し、ようやく私の手首を放した黒澤社長がこちらに視線を向けたままスマホを手に取る。

「んっ？　商談室？　なんのことだ？」

その一言でハッとした。私は栗林専務からの言伝を黒澤社長に伝え忘れていた。

「大森物産の社長が来てるのか？　分かった。すぐ行く」

黒澤社長は何か言いたげに口を開いたが、結局、何も言わず社長室を出て行った。

ドアが閉まった音が聞こえると私は体の力が抜け、ヘナヘナとその場に座り込む。

伝言ひとつ伝えられないなんて、私、何やってるんだろう……こんな思いをするくらいなら思い出なんか欲しがるんじゃなかった。

激しい後悔と遣《や》る瀬ない思いを深いため息に変え項垂れると、堪えていた涙が一粒、滴となって零れ落ちた。

＊　＊　＊

黒澤社長が社長室に戻って来たのは、昼休みになる数分前だった。

彼が出て行ったばかりの時は、かなり動揺して取り乱していたが、ひとりでゆっくり考える時間があったお陰でなんとか平静を取り戻すことができた。

「先ほどは、申し訳ありませんでした」

栗林専務からの伝言を伝え忘れたことを謝罪し、深く頭を下げると、黒澤社長は「そのことはもういい」と言って私の肩をポンと叩く。

どうやら怒ってはいないようだ。

「あの、お昼はどうしますか？　今からデリバリーすると遅くなりますが……」

努めて普段通りに振る舞ったつもりでも、やっぱりどこか意識していて声が上ずってしまう。

「昼飯か……適当に食うからいいよ」

「そうですか。では、私はランチに行ってきます」

話を蒸し返される前にこの部屋を出なければと心が急《せ》いて、逃げるように社長室を後にする。

あんまり食欲もないし、軽く済ませよう。

重い足取りでビルを出て健吾さんのカフェに行こうとした時だった。後ろから名前を呼ばれる。

「あ、栗林専務……」

専務にもさっきの伝言ミスを詫びると彼はあっけらかんと笑い「沙良ちゃん、今からランチだろ？　よかったら一緒にどう？　奢るよ」と私の腕を引っ張る。

「……はい」

誘いに乗ったのは、もちろんご馳走してもらおうという下心があったからではない。栗林専務に自分のミスをちゃんと謝りたかったからだ。

カフェに到着し、唯一空いていた席に腰を下ろすと改めて栗林専務に謝罪する。すると専務はメニューに視線を落としたままフッと笑った。

「しっかり者で有名な秘書が珍しいミスだな。どうした？　何か心配事でもあるの？」

「えっ？」

「原因は隼人……違うか？」

ズバリ言い当てられ答えに困っていたら、栗林専務が見ていたメニューを閉じ、頬杖をついて私を凝視した。

「沙良ちゃんのプライベートを詮索するつもりはないけど、仕事に支障が出ているようだからあえて言わせてもらうよ。……隼人のことが好きなんだろ？」

彼の言葉を聞いた途端心臓がドクンと大きく跳ね、顔がカッと熱くなるのを感じた。

「ど、どうしてそう思うんですか？」

「そんなの見てれば分かるさ。最近の沙良ちゃんは隼人を見る目が今までとは違ってたからね。バレバレだよ」

栗林専務……鋭い。

「なぁ、沙良ちゃん、俺達三人はフィールデザイン事務所がどん底だった頃から一緒に頑張ってきた同志だろ？」

「同志……？」

「あぁ、大学時代からの親友の隼人のことはもちろん、沙良ちゃんも俺にとっては大切な存在だ。だから悩んでいることがあるなら、なんでも相談に乗るよ」

そう、栗林専務には今まで散々お世話になってきた。

黒澤社長とぶつかって怒りで熱くなっていた時は、冷静になるまで話を聞いてくれたし、仕事でミスをした時は明るく励ましてくれた。

しかし今回に限っては、栗林専務を頼れない。彼に黒澤社長とキスをしただなんて口が裂けても言えないもの。

ぎこちない笑顔で「ありがとうございます」と頭を下げたのだが、その時、意外な人物が現れた。

「いらっしゃいませ。本日はご来店、ありがとうございます」

聞き覚えのある声に驚いて顔を上げれば、そこにはエプロン姿の健吾さんが立っていて、笑顔で私と栗林専務の前に水が入ったグラスを置く。

「け、健吾さん、どうして？」

他にも多くの飲食店を経営している健吾さんは多忙で、それぞれの店に顔を出すのはせいぜい月に数回。だからまさかカフェに居るとは思わなかったし、ましてやウエーターをしているなんて想像もしていなかった。

「たまにはこういうのもいいだろ？　直接お客様と接することで勉強にもなるし」

「そう……ですか」

呆気《あっけ》に取られていた私に、栗林専務が「知り合い？」と聞いてきたので、親友の彼氏だと伝え、健吾さんには彼を事務所の専務だと紹介する。

「専務さんでしたか。てっきり事務所の社長さんと両想いになってランチをしに来てくれたのだとばかり……これは失礼しました」

「健吾さん、変なこと言わないでください。栗林専務が本気にしたらどうするんですか！」

「あれ？　社長さんのこと秘密だったの？」

すっ惚ける健吾さんの様子を見てピンときた。これは間違いなく意図的に言っている。私がいつまで経っても黒澤社長に告白しないから事務所の人にバラしてプレッシャーを掛けようとしているんだ。

栗林専務をこのカフェに連れて来たことを死ぬほど後悔していると、オーダーを通した健吾さんが強引に私の隣の席に座り、また勝手に喋り出す。

そして、結局、全部バラされてしまった……。

「沙良ちゃんの様子がおかしかったのは、やっぱりそれか」

納得の表情で頷く栗林専務に健吾さんが「脈はありますかね？」なんて聞くものだ

から、ドキッとして思わず息を呑む。

黒澤社長の親友の栗林専務なら彼女の存在も知っているはず。脈があるなんて言うはずがない。

間接的に振られるという最悪なパターンを想像していたんだけれど……。

「それは隼人のプライベートのことですから、直接本人にお聞きになった方がいいかと」と生殺し的な答えが返ってきた。

そんな風に言われたら、さすがに健吾さんもそれ以上は追及できなかったようで、この話題はここで終わった。

ホッとしている私の横で、今度はふたりが仕事の話で盛り上がり始める。

「ほーっ、カフェだけじゃなく、バーや和食の店も。手広くやられているんですね」

「いやいや、広く浅くですよ。で、今度はここから少し離れた郊外で結婚式や披露宴もできるガーデンレストランをオープンする予定でして……」

そうなの？　それは初耳だ。

「既に建物の改装工事は終わっているんですが、庭のデザインで迷ってましてね」

「あ、それならウチの事務所に優秀な空間デザイナーが居ますので、相談されたらどうですか？」

優秀な空間デザイナーって、まさか……黒澤社長？

「社長の黒澤は以前、イギリスのデザイン事務所で修業していたんですよ。ガーデンデザインも手掛けていましたから、お役に立てると思いますよ」

やっぱりそうだ。でも、黒澤社長は今、レジャーホテルの件で手一杯。他の仕事を請ける余裕はないだろう。

栗林専務の営業トークに乗せられその気になっていた健吾さんには申し訳ないが、事情を説明して急ぎの仕事なら無理だと伝える。

「そうか……本場のイングリッシュガーデンをデザインしたことがある人にお願いできると思ったけど、オープンは一ヶ月後だからな。難しいか……」

すると栗林専務がおもむろにスマホを取り出し、どこかに電話をかけ始めた。

「あ、隼人か。今、沙良ちゃんの知り合いの方がオーナーをしているカフェでランチしているんだけどな、そこのオーナーさんが、お前に一ヶ月後にオープンするガーデンレストランのデザインを頼みたいって言っているんだが、イケるか？」

栗林専務が内容を手短に説明すると健吾さんと電話を代わり、暫くやり取りが続いた。そして数分後、健吾さんは笑顔で電話を切り指でＯＫサインを作る。

「沙良ちゃんの知り合いの方の依頼なら断れないってさ」

「えっ……本当ですか？」

私は本当に大丈夫なのかと心配になるが、健吾さんは大喜び。できれば明日にでも黒澤社長と会って話がしたいと自分のスケジュールを確認している。

「じゃあ、明日の午後三時に事務所の方に伺うから、黒澤社長にそう伝えてくれる？」

「は、はい……」

なんだか妙な展開になっちゃったなぁ……。

その後、ランチを終えた私と栗林専務はカフェを出て事務所が入るビルに戻ったのだが、私は仕事に戻る前にどうしても栗林専務に言っておきたいことがあった。

「栗林専務、お願いがあります。さっきカフェで健吾さんが話していたこと、黒澤社長には秘密にしてください」

エレベーターに乗り込みボタンを押した栗林専務がクスッと笑う。

「沙良ちゃんが隼人を好きだって話？」

「……はい。私は黒澤社長と付き合いたいとか、そんなことは思っていませんので」

「へぇ～そうなのか。でも、なんで？　好きなら付き合いたいって思うのが普通じゃないの？」

それは至極当然の疑問だ。でも、事務所で唯一、黒澤社長の過去やプライベートを知る栗林専務はその理由を分かっているはず。なのに、どうしてそんなこと聞くんだろう。

黒澤社長には素敵な彼女が居るから……そう答えようとしたけれど、ギリギリのところでその言葉を呑み込む。

カフェでも答えてくれなかったんだ。今彼女のことを言ったとしてもはぐらかされるのがオチ。それに、そう答えたのは栗林専務の優しさだったのかもしれない。可能性があれば、話を濁す必要はないもの。

「普通じゃない人間も居るんですよ」

そう言ったのと同時にエレベーターの到着音が響き、扉が開く。

もう一度、栗林専務に念を押し事務所に戻ると、健吾さんのガーデンレストランの件を報告する為、ふたりで社長室に向かう。

ランチ前にあんなことがあったから栗林専務が一緒に来てくれるのは有り難い。

そして栗林専務が一通り説明をして社長室を出て行こうとした時、黒澤社長が栗林専務を引き止め不機嫌そうな顔をする。

「なぁ、お前達ふたりでランチに行ったんだよな？」

「あぁ、ビルを出たところで偶然沙良ちゃんと会ってな」

「ふーん……偶然ねぇ」

何か言いたげな黒澤社長。その様子を見た栗林専務が満面の笑みで私に「楽しかったよな」と同意を求めてきた。

なので当然、私は「はい」と答えたのだけれど、急に無表情になった黒澤社長が座っている椅子をクルリと回し私達に背を向ける。

なんだか変な雰囲気だなって思ったけれど、栗林専務は全く気にしている様子ない。

「沙良ちゃん、また一緒にランチ行こうな」

明るい声でそう言うと社長室を出て行った。

それから黒澤社長はフラッと部屋を出て行き、戻って来たかと思ったら終始仏頂面で仕事以外のことは一切喋らない。

黒澤社長、やけにピリピリしているな。何がそんなに気に入らないんだろう？

もしかして、健吾さんのガーデンレストランの件、本当は請けたくなかったとか？

二年間、黒澤社長の秘書を務めてきたけど、こんなに長時間機嫌が悪いのは初めてだ。

そんな雰囲気に耐えられず、終業時間になったのと同時に帰ろうとしたのだが……。

「おい！　今からちょっと付き合え」

「えっ？　仕事ですか？」

スケジュールを見落としていたのかと焦ってタブレットを確認していたら、立ち上がった黒澤社長が私の腕を摑み凄い勢いで歩き出す。そのまま社長室を出て連れて行かれた場所は、地下駐車場。

仕事の内容を聞く間もなく車の助手席に押し込められ、まだ私がシートベルトを締めている最中なのにアクセルを踏み込む。

その間も黒澤社長はずっと無言だったが、薄暗くなった地上に出たところでやっと口を開いた。

「お前、俺が何度ランチに誘っても速攻で断っていたのに、創が誘えばホイホイついて行くんだな」

「はい？」

もしかして黒澤社長の機嫌が悪かった理由は……それ？

そして黒澤社長は栗林専務の態度も気に入らないとブツブツ文句を言い出した。

「創のヤツ、ヘラヘラ笑いやがって。何が〝沙良ちゃん、また一緒にランチ行こうな〟だよ」

あぁ……確かに、あの時の栗林専務の態度はちょっと挑発的だったものね。でも、そんなに目くじらを立てて怒るようなことだろうか？

いまいち納得いかない部分はあったが、取りあえず黒澤社長の怒りのわけは分かった。そうなると次に気になるのはこの車の行き先だ。

「あの、それで、どこに行くんですか？」

「そんなの決まっているだろ？　飯食いに行くんだよ」

へっ？　ご飯？

「ちょっと待ってください。仕事じゃないなら帰ります。降ろしてください」

あのキスのこともあり、気まずくて全力で抵抗するも、意外な理由で却下される。

「お前、タイムカードを打刻してないだろ？　ってことは、まだ仕事中だ。俺の許可なく勝手に帰ることは許さない」

「一緒にご飯を食べに行くのが仕事なんですか？」

「そうだ」

自分勝手なことを言うなぁと眉を顰めたが、これ以上逆らっても無駄だと思い渋々口を噤《つぐ》む。

そうこうしていると車は都内でも有名な高級ホテルに到着し、今度は半ば強引に助手席から引きずり降ろされる。

そして黒澤社長が向かったのは、最上階のフレンチレストラン。彼は平然とレストランに入って行こうとするが、私は入り口で躊躇して踏みとどまった。

「ここで食事するんですか？」

「あぁ、何か問題あるか？」

「いえ、問題というか……接待でもないのにこんな高級なレストラン、経費では落ちませんよ」

「バカ、そんなこと気にするな」

黒澤社長は私の心配を一笑に付し、レストランの中へと入って行く。

クラシカルモダンな店内はオレンジ色の照明に包まれ落ち着いた雰囲気だ。そして柔らかい曲線を描く窓から見えるビル群は鮮やかな夕焼けに染まり、ため息が出るくらい美しい。

「お待ちしておりました。黒澤様。どうぞこちらへ」

迎えてくれた品のいいギャルソンに案内されその窓際の席につくと、私は目だけを動かし困惑気味に呟く。

「黒澤社長、いつの間に予約入れたんですか？」

「創が社長室を出て行ったすぐ後だ」

そういえば、栗林専務が出て行った後、黒澤社長も行き先を言わず部屋を出て行ったっけ。ということは、その時から私をこのレストランに連れて来るつもりだったの？

「でも、どうしてこんな一流レストランに？　もっとカジュアルなお店でもよかったのに……」

「このくらいの店じゃないと、我がままで気難しい秘書は納得しないだろ？」

「……我がままで気難しい秘書って私のことですか？」

「他に誰が居る？」

相変わらずの憎まれ口にカチンときて「だったら、秘書を替えればいいでしょ」と低く呟き黒澤社長を睨み付ける。

いつもなら間違いなくここで言い合いになるのだが、今日はちょっと様子が違っていた。

私から目を逸らした黒澤社長が窓の外に視線を向け、ため息混じりに呟く。

「新垣は最高の秘書だ。お前以外の人間を秘書にするつもりはない」

先ほどまでの憎まれ口から一転、まさかの大絶賛。彼の口からこんなお褒めの言葉が出るとは思わなかったから戸惑ったが、そう言ってもらえたことが嬉しくて頬が緩む。しかし喜んだのも束の間、見事に落としてくれた。

「キスはど下手だけどな」

「っ……」

行きつく先はやっぱりこの話題かと苦々しく思っていたら、視線を戻した黒澤社長が切なそうな目をして「俺の苦労はなんだったんだよ」と力なく呟く。

「レジャーホテルの部屋でお前をベッドに押し倒した時、風邪をうつすと思ってキスするのを必死で我慢していたんだぞ」

キスするのを……我慢していた？

「嘘……」

黒澤社長の言葉に愕然とし、目玉が飛び出るくらい大きく瞼を見開いて彼を凝視する。

「もう限界って言ったのは、熱が出て辛かったからじゃない。お前への想いを抑え切れなくなったからだ。鈍感なお前は俺の気持ちに気付くことなく『病院へ行きましょう』だったからな。拍子抜けして余計具合が悪くなったよ」

「あれはそういう意味だったんですか？」

それはつまり……黒澤社長は私のことが……好きってことだよね？　そんなの信じ

られない……。

突然の告白に体がフリーズして瞬きさえできないでいると、なぜか黒澤社長の口から栗林専務の名前が出る。

「しかし、ムカつくのは創だ」

黒澤社長は、自分の気持ちを知っている栗林専務が私をランチに誘ったり、仲良しアピールをしたりと、わざと神経を逆撫でするようなことをしたのが許せないらしい。

機嫌が悪かった本当の理由はこれ？　黒澤社長は栗林専務に嫉妬していたってこと？

大きな衝撃を受け、食前酒とアミューズが運ばれてきても手を付けることができなかった。

「……なぁ？」

「は、はいっ！」

体をビクッと震わせ顔を上げれば、妖艶な瞳が私を見つめている。

「そろそろ仕事だけの付き合いじゃなく、プライベートでも俺のパートナーになってくれないか？」

素直に嬉しかった。気持ちが高揚し頬が紅潮するのがハッキリ分かったけれど……

それでも彼の気持ちを受け入れることはできない。

「……黒澤社長には、大切な女性が居ますよね」

やはり彼女が居る人とは付き合えない。

それが一番の理由だったが、それだけじゃない。私は今年で三十歳だ。この歳で浮気相手だなんてあまりにも悲し過ぎる。それならこれまで通り、仕事だけの関係を続けていく方がいい。

「大切な女性？」

「そうです。あんなに献身的に黒澤社長に尽くしてくれている彼女を裏切るつもりですか？」

少しは胸に響いたかと思ったのに、黒澤社長はポカンとして首を傾げている。

「なんだそれ？　いったい誰のことを言ってるんだ？」

「だから、黒澤社長の部屋をプロみたいに徹底的に掃除して、冷蔵庫に愛情たっぷりの料理を用意してくれていた宮川瑠奈さんですよ」

「……宮川瑠奈？」

間の抜けた顔で彼女の名前を呟いたと思ったら、なぜか突然笑い出す。

「あのなぁ、俺の部屋を片付けたり、料理を作ってくれたのは瑠奈じゃない。家事代行会社のおばちゃんだ」

「へっ？　おばちゃん？」

黒澤社長は週一で家事代行サービスを利用していて、ちょうどあの日は午前中に契約しているスタッフのおばさんが来てくれていたのだと。

「だいたい、結婚している瑠奈が俺の為にそんなことしてくれるわけないだろ？」

「ええっ！　彼女、結婚しているんですか？」

大絶叫が静かな店内に響き渡り、全ての視線が私に集中する。その様子に慌てて口を手で押さえ今度は小声で問う。

「黒澤社長、人妻に手を出していたんですか？」

「バーカ、瑠奈は最近結婚した俺のいとこだ。ほら、お前が赤坂のホテルのティーラウンジで呉服屋の若旦那に振られた日。あの後、結婚式だって言ったろ？」

「じゃあ、あの時、式を挙げたのが宮川瑠奈さん？」

「そうだ。でも、なんでお前が瑠奈のこと知っているんだ？」

私はあの雨の日に偶然スマホの画面を見てしまったことを話し、黒澤社長が恋人の瑠奈さんのマンションに行ったと思ったと説明すると、彼は前菜のパテ・ド・カンパーニュを一口食べ、フフッと笑った。

「鈍感のくせに、そういうところは目ざといんだな」

そして黒澤社長は、あの雨の日は瑠奈さんの旦那さんの誕生日だったのだと教えてくれた。

お祝いに三人で食事をする約束をしていたのだが、旦那さんが風邪気味で外に食事に出るのは無理だと瑠奈さんから連絡を受け、自宅での食事に切り替えたというのが事の真相。

「お陰で風邪をうつされて、エライ目に遭ったよ」

私のせいで雨に濡れ風邪を引いたのかと思っていたけれど、それも違っていたようだ。でも、まだ全ての疑惑が解消されたわけじゃない。

「でしたら、社長室に漂っていたあのフローラルの香りは……？」

そもそも、私が黒澤社長に彼女が居ると思ったのは、出社した時に社長室に微かに漂っていた香水の残り香がきっかけだった。それに、あのイヤリング……。

そのことを聞くと今まで余裕の表情で料理を堪能していた黒澤社長の眉がピクリと動き、フォークを持つ手が止まる。

「……あれは、義理の母親だった人だ」

ワインを一気に飲み干した黒澤社長が、神妙な顔で自分の過去を話し出す――。

黒澤社長の本当のお母さんは彼が小学生の時に亡くなり、その後、大学生の頃にお父さんが再婚したそうだ。

再婚相手の塔子《とうこ》さんという女性は、当時、お父さんが社長を務めていたフィールデザイン事務所で働いていたデザイナーで、お父さんより二十歳も若い女性だった。

「親父の再婚相手は気が強くてな。自分の思い通りにならないと周りに当たり散らすヒステリックな女だったんだよ。俺はそんな義母と一緒に暮らすのが苦痛で、大学を卒業すると家を出て海外のデザイン事務所に就職したんだ」

「だからイギリスに……でも、それが理由なら、わざわざ海外に行かなくても、実家を出れば済むことなんじゃ……」

私の素朴な疑問に黒澤社長は小さく首を振る。

「俺は大学を出たらフィールデザイン事務所に就職すると親父と約束していたんだよ。なのに、その約束を破って家を飛び出したんだ。国内の他のデザイン事務所に就職なんてできないだろ？」

そして黒澤社長がフィールデザイン事務所への就職を躊躇したのには、もう一つ理由があった。

塔子さんはお父さんと結婚したことで事務所内での影響力を強め、黒澤社長が大学を卒業する頃には陰の社長と言われるようになっていたから。

「とにかく俺は、あの女と関わりたくなかったんだ」

すると四年後、お父さんと塔子さんが離婚したという知らせを受ける。ホッとしたのも束の間、その半年後、今度はお父さんが倒れたと連絡があり慌てて帰国した。

しかし残念なことにお父さんは亡くなり、遺産相続の手続きを始めると元妻である塔子さんが現れ黒澤社長に父親が書いたという念書を見せたそうだ。

「そこには、慰謝料として父親の資産の半分を五年以内に支払うと書いてあった」

「半分って……普通、離婚する時の財産分与は結婚後にふたりが築いた財産を等分に分けるのが一般的ですよね？　数年の結婚生活で資産の半分だなんておかしくないですか？」

「あぁ、おそらく親父はあの女に押し切られて無理やり念書を書かされたんだろう。で、塔子は資産の半分の代わりに、親父の事務所の経営権を自分に渡すよう要求してきたんだ」

塔子さんと早く縁を切りたかった黒澤社長は関わりがなくなるなら会社を譲っても構わないと思った。でも、それに異を唱えたのがお父さんの妹、黒澤社長の叔母さんだった。

叔母さんはお父さんから会社を継ぐのは長男の黒澤社長しか居ない。自分に何かあれば、黒澤社長にそう伝えてくれと頼まれていたらしい。

だから絶対に会社を譲ってはいけないと叔母さんに説得され、父の願いを叶えるのがせめてもの親孝行だと思い会社を継ぐ決意をした。

「それで、塔子には、親父が所有していた不動産や預貯金など、経営権以外、全てを贈与すると伝えたが、あの女は納得しなかった……」

デザイナーとして自分の才能に絶対の自信を持っていた塔子さんはお父さんと離婚後、法人のデザイン事務所を設立して独立したものの経営は芳しくなく、僅か一年で事務所をたたみ現在はフリーで活動しているそうだ。なので、業界で有名だったお父さんの会社が喉から手が出るくらい欲しかった。

会社を継ぐことで世間からの信用を得、尚且《なおか》つお父さんの会社が抱えていた顧客企業ごと自分のモノにしようと考えていたのだと。

だから約束したのは経営権だったと言い張り、自分に会社を譲らなければ、どんな手を使ってでも黒澤社長を潰す。デザイン界で仕事ができないようにしてやると脅してきた。

しかし黒澤社長はそんな脅しには屈さず、ひたすら無視していると痺れを切らした塔子さんが動いた。

上得意のクライアントに前社長が居なくなったフィールデザイン事務所はもう終わったも同然だと悪口を吹き込み、それが噂になって仕事が激減。

そうなると社内の雰囲気も悪くなり、実績のない若い社長ではダメだと見切りをつけた主力のデザイナーが次々と辞めていく。

会社は危機的状態だったが、それでも黒澤社長は諦めなかった。どんな小さな仕事も手を抜かず地道に努力し、徐々に信頼を回復していった。

「そんな時だ。海外の有名ファッションブランドがショップを改装することになり、店舗のディスプレイデザインを公募することになった」

「あ、それって、雑誌に載ったあのデザインですよね？」

「あぁ、空間デザインは俺の得意分野だったからな。なんとしてもコンペで勝ってフィールデザイン事務所はまだ終わってないってことを世間にアピールしたかった」

そして黒澤社長のデザインが採用されるとフィールデザイン事務所は急激に成長を遂げ、今の規模まで立て直した。

「その頃ですね。私がフィールデザイン事務所に入ったのは」

濃厚なポタージュスープを飲み終えた黒澤社長が「そうだったな」と目を細め懐か

しそうに微笑む。

「俺もどん底を味わった。でも、諦めなかったからなんとかなった。だからお前も一度の挫折くらいで諦めるな」

「あ……」

「俺が頑張ってこられたのは、お前が居たからだ。いつも仕事に真摯に向き合い、一生懸命俺を支えてくれたお前の存在は大きかったよ」

「黒澤社長……」

今までの努力が報われたと思うと嬉しくてウルッときたが、ある疑問が頭を過る。

「あの、黒澤社長はさっき、社長室の香水の残り香やイヤリングは塔子さんのものだって言いましたよね？　どうして塔子さんが社長室に来ているんですか？」

その質問をした途端、黒澤社長から笑顔が消える。

「あの女、まだ事務所の経営権を諦めてないんだよ」

塔子さんは月に一、二度、泥酔状態で事務所にやって来ては、黒澤社長に経営権を自分に渡せと迫っていた。

「同業者に聞いたところによると、どうも仕事が上手くいってないようでな。潰した事務所の借金も残っているようだ」

「そうなんですか……でも、黒澤社長はその女性の顔も見たくないって言っていたのに、そんな度々押し掛けられて平気なんですか？」

本当に関わりたくないのなら、方法はいくらでもあると思うけど……。

「まぁ、色々事情があってな……そんなことより、お前、なんか忘れてないか？」

忘れていること？　私、なんか忘れていたっけ？

「お前の返事、まだ聞いてないんだけどな」

「あぁっ！」

すっかり忘れていた。私、黒澤社長に告白されていたんだ。

彼女が居るのではという疑惑が晴れ、もう私達の間にはなんの障害もない。でも、黒澤社長の顔を見ると恥ずかしくて言葉が出てこない。

「えっと……急にそう言われましても……」

「何が急だ。俺は四年も待ったんだぞ！」

「四年って……私が事務所に入った時からですか？」

「そうだ。四年前、お前があんな嘘をつかなかったら、こんなに待つ必要はなかったんだ」

黒澤社長がそう言って話し出したのは、私がフィールデザイン事務所に就職して初めて担当したクライアントからデザインを採用すると連絡が入った時のこと。黒澤社長から結果を伝えられた私は心の底から採用を喜んだ。その時の私の弾けるような笑顔に心を揺さぶられたそうだ。その日以降、気付けば私を目で追うようになっていた。

それが恋だと自覚したのは、現在も続く月末に行われている慰労会での私の発言を聞いた時。

当時はビンゴ大会などはなく、居酒屋でただ飲むだけの会だった。

その席で私は恋愛経験がないということを隠す為、彼氏が居ると嘘をついてしまったのだが、私に彼氏が居ると知った黒澤社長は酷く動揺し、そんな自分に戸惑った。

「俺は新垣沙良に惚れている……そう確信した瞬間だった」

その後も私のことが気になっていた黒澤社長は、幾度となく私に彼氏のことを聞いたが、その度、幸せそうに惚気る私を見て、彼氏のことが本当に好きなんだなと感じたそうだ。

「お前を想う気持ちがその彼氏に負けるとは微塵も思っていなかったが、お前の幸せそうな笑顔を見てしまうとな……そこまで惚れているのなら邪魔はしないでおこうと諦めていたんだ」

しかし二年後、私が黒澤社長の秘書になると益々彼氏のことが気になり、どんな男か見定めたいという気持ちが大きくなっていく。

「その彼氏は本当にお前を幸せにできる男なのか……それを確かめたかった。だが、お前はかたくなに拒み、彼氏に会わせようとはしなかった。歯痒《はがゆ》かったよ……」

黒澤社長がそんな風に考えていたなんて、知らなかった……。

「だからお前がまだキスもしたことがない処女だと知った時は嬉しかった。しかし四年はさすがに長かったな……」

彼の哀愁に満ちたその表情にハッとして両手で口を覆う。

私が黒澤社長を意識するようになったのは最近だ。だから彼女が居るということに胸を痛めていた時間はそれほど長くはない。でも、本当に辛かった。毎日苦しくて出口のない暗闇の中に閉じ込められているようだった。

なのに、黒澤社長はそれの何倍、いや、何十倍もの時間をそんな思いで過ごしてきたんだ……。

「ごめんなさい……私、全然気付かなくて……」

「仕方ないよな。俺が惚れた女は超が付くほど鈍感なんだから」

諦め顔でフッと笑う彼に恐縮しながら微苦笑で返す。

「いつもイジワルなことばかり言われていたから、嫌われていると思ってました」

「嫌われている、か……」

そう呟いた黒澤社長が私から目を逸らし、一息吐いた後、照れくさそうに言う。

「男っていうのはな、好きな女が振り向いてくれないといじめたくなる生き物なんだよ」

「えっ……」

そんな幼稚なことをするのは子供だけだと思っていた。三十四歳の立派な大人でもそういう思考なんだ。

意外と可愛らしい彼の一面が垣間《かいま》見え、思わずクスッと笑う。

「それも黒澤社長が言う恋の指南ですか？」

少し茶化して上目遣いで黒澤社長の顔を覗き見ると、彼は妖美な眼差しをこちらに向け、熱っぽく微笑む。

「その表情、凄くいい……俺をその気にさせる気か？」

「えっ？」

「覚えているか？　タクシーの中でお前に男心をくすぐる仕草をレクチャーした時のこと……あの時、お前に上目遣いで見つめられてゾクッとした。完全に男心をくすぐられたよ」

「でもあの時、不合格だって……」

「あぁ……あれは、他の男にお前のあんな可愛い顔見せたくなかったからだ」

あっ、だからまだ他の男の前ではしない方がいいって言ったのか……。

黒澤社長の本心を知り胸がキュンとするも、男心を読む難しさを改めて痛感する。

「さて、恋の指南もそろそろ仕上げだな。次はいよいよ実践だ」

「じ、実践って……どういうことですか？」

「実際に体験しないと分からないだろ？　本当のキスがどういうものか……俺が教えてやる」

本当のキス……そのワードが矢となって私の胸に突き刺さり、甘い衝撃が体中に広がっていく。そして未知なる世界を覗いてみたいという衝動に駆られた。

「で、返事は？　もうそろそろいいだろ？」

もちろん心はもう決まっている。でも、男性に面と向かって愛の告白などしたことがないから一気に緊張が高まり足がガクガク震えた。

「黒澤社長、私、黒澤社長のことが……」

意を決して口を開いたものの、最後の一言が……〝好き〟という一言がどうしても出てこない。

「ちゃんと言葉にしろ。これは社長命令だ」

こんなことを平気で言う俺様で自己中な人だけど、世界中の誰よりも私はあなたのことが――。

「……好き」

消え入りそうな小さな声だった。黒澤社長に届いただろうかと少しだけ顔を上げてみる。すると黒澤社長が長い指を私の指に絡め、痛みを感じるくらい強く握った。

「その言葉を、ずっと待っていたんだぞ……」

＊＊＊

モノトーンとシルバーで統一されたシックで高級感漂う室内には、モダンな調度品や現代アートがさり気なく配置されていて、目の前の開放感のある大きな窓から見えるのは無数の瞬く光。さっきまで居たレストランとはまた違った壮大な夜景だ。

ここはホテルのロイヤルスイート。

勢いに任せ黒澤社長が取ってくれた部屋に来てしまったが、目の前に広がる非日常的な空間に狼狽《ろうばい》し、早くも後悔し始めていた。

部屋の真ん中で立ち竦む私を窓際に立つ黒澤社長が呼び、そろりそろりと近付けば、微笑んだ彼の腕が肩にまわされる。

「こんな高そうな部屋……大丈夫なんですか？」

「またそれか。経費で落とすつもりはないから心配するな」

「あ、いえ……そういう意味じゃなくて……」

「大切な女の記憶に残る最高の一夜にしてやりたいからな」

一夜……？

そのさり気ない一言と窓硝子に映った黒澤社長の柔らかい表情にドキッとして彼の後ろの夜景に視線を逸らすと、いきなり広い胸に引き寄せられた。

「ラストレッスンにふさわしい部屋だろ？」

それでなくても緊張してガチガチの体が更に固まる。

そんな私の気持ちを分かっているのか、黒澤社長はまるで子供をあやすように優しく髪を撫でてくれていた。

どのくらいそうしていたのだろう……ゆっくり体を離した黒澤社長が私の前髪をかき上げ、その手が頬に触れる。次に指先がそっと唇をなぞり流れるように顎へと滑り落ちた。

そして不意に呼ばれた名は〝お前〟でも〝新垣〟でもなく――。

「……沙良」

初めて下の名前で呼ばれた。

仕事の時とはまるで違う色っぽい声に胸が熱くなり、火傷《やけど》したみたいにヒリヒリと痛む。

直後、顎に添えられた指に顔を押し上げられ、ほんのり温かく柔らかいモノが唇に触れた。

その一瞬で私は理解した。黒澤社長が言った言葉の意味を……。

それは、以前触れた唇とはまるで別物。これが本当のキスなのかと愕然とする。

弾力のある唇が何度も角度を変え、時に優しく、時に激しく押し付けられ呼吸する間も与えてくれない。酸素を求めて顔をずらすと頬を両手で包まれ引き戻される。

絶え間ない刺激に翻弄されながらも徐々に感情が高まり、気付けば、愛しい唇を求め彼の背中に手をまわしていた。

私の中で女としての本能が目覚めた瞬間だった。

あぁ……黒澤社長、好き……。

すると彼の唇が熱い吐息を吐き出しながら首筋に逸れる。

そのなんとも言えないくすぐったい感覚に身を震わせ肩を窄めると、黒澤社長が慣れた手付きで私のスーツのボタンをひとつ、またひとつと外し始めた。

「あっ……ダメ」

朦朧としていた意識が鮮明になったのと同時に目覚めたばかりの本能が鳴りを潜め、堪らず黒澤社長の胸を押す。

こうなることは、この部屋に入った時から覚悟していたのに……。

この期に及んで二の足を踏む自分に嫌気がさし、唇を噛み俯いたのだけれど、黒澤社長は私の抵抗に動じることなく、額に啄《ついば》むようなキスを落として静かに微笑む。

「シャワーを浴びてくる」

「えっ……」

「その間にどうするか決めろ。ただ……」

「……ただ？」

「急ぐ必要はない。決心がつかなかったら俺がシャワーを浴びている間に帰ってもいい」

帰っても……いい？　それ本気で言ってるの？

意外な言葉を残し、黒澤社長はバスルームへと消えて行く。

彼の姿が見えなくなると私は崩れるように黒のレザーソファに座り、虚ろな目で一点を見つめた。

「黒澤社長は初めての私を気遣ってくれているんだ……」

彼の優しさが深く胸に沁み渡り、ようやく一歩踏み出す決心がつく。

それから約十分後、サテン地のバスローブを身に纏《まと》い戻って来た黒澤社長がソファに座っている私を見て少しだけ口角を上げた。

「やっぱり、居たな」

「やっぱりって、私が帰らないって分かっていたんですか?」

「まぁな、お前は帰れと言われれば帰らない天邪鬼《あまのじゃく》な女だからな」

「なっ……天邪鬼?」

黒澤社長は、全てを委ねると決めた私の想いを全然分かってない。

「じゃあ、帰ります!」と声を荒らげ立ち上がったのだが、シャワーを浴びたばかりの火照った体に抱きすくめられ、その柔らかい唇で口を塞がれると途端に抵抗できなくなってしまう。

「帰っていいって言ったのは、俺がシャワーを浴びている間だけ。もう時間切れだ」

「イジワルな人……」

「猶予は与えただろ？　でもお前は帰らなかった。だったら次にお前がすることは、バスルームに行ってシャワーを浴びてくること……あっ、なんなら一緒に入って背中を流してやってもいいぞ」

えっ？　一緒に？

「けけけ、結構です！」

黒澤社長を押し退けて逃げるようにバスルームに駆け込むと鏡の前で地団太を踏む。

「絶対、面白がっている」

でも、どんなにイジワルなことを言われても、やっぱり私は黒澤社長が好きだから、初めては、あなたがいい。

覚悟を決めシャワーを浴びてなんとか部屋まで戻ったが、緊張で心臓はバクバク。足がもつれて黒澤社長が居るベッドまで辿り着くことができない。

愛する人に抱かれて真の大人の女性になる……それをずっと望んできたのに、今から起こることを考えると怖くて堪らない。

立ち竦み小刻みに震えていると近付いてきた黒澤社長がいきなり私を抱き上げた。

夢にまで見たお姫様抱っこなのに喜びに浸る余裕などなく、ぎこちなく固まったままベッドに下ろされる。

静かにベッドに沈んだ私の体を挟むように置かれた二本の逞しい腕。上になった黒澤社長の色素の薄い目に見つめられると、恥ずかしくて視線の置き場所に迷う。

「綺麗だ……」

「く、黒澤社長……」

震える指でシーツをギュッと握れば、柔らかなキスが降ってくる。

「大丈夫。心配するな」

その言葉通り、黒澤社長はゆっくり時間をかけ、私の心と体を解きほぐしてくれた。肌を滑る指は優しく、魅惑的なキスはどこまでも甘い。恐怖や不安が消えた体は徐々に熱を持ち、黒澤社長を抱く腕に力が籠る。

そして深く濃厚なキスを交わしながら、私達はひとつになった――。

PARTV　苦しい嘘とトラウマ

厚手のカーテンの隙間から差し込んだ白い光がベッドサイドまで伸び、隣で眠る彼の柔らかい髪を鮮やかなライトブラウンに染めている。

ほどよく筋肉が付いた胸にそっと触れれば、規則正しい鼓動が伝わってきて思わず寝起きの顔が綻ぶ。

「黒澤社長……」

夢じゃない。昨夜、私はこの胸に抱かれたんだ……。

重い体を起こすと下腹部に鈍い痛みを感じ、愛されたことを更に強く実感する。そしてデジタル時計に目をやれば、ちょうど午前六時だった。

黒澤社長を起こさないよう静かにベッドから出ると熱いシャワーを浴び、そのまま洗面台でメイクを始める。

この体の全て、隅々まで見られてしまったけれど、まだすっぴんは見られたくない。

ベースメイクを終え、チークを入れてシャドーを引くとメイク道具が入ったポーチの中から口紅を取り出す。

その時、何気なく覗いた鞄の中に小さなシルバーの箱を見つけた。

黒澤社長に貰った口紅だ。

ピンクの口紅なんて似合わないと思っていたから封も開けずにそのまま鞄の中に入れっぱなしになっていたんだ。

少し迷ったが、それを手に取り箱から出してキャップを外してみる。

「……トゥレジャーピンクってこんな色だったの？」

その口紅は私が想像していた色とは違い、落ち着いたベージュ系のピンクだった。

この色ならいいかも。

鏡に向かって身を乗り出し紅を引こうとしたのだが、不意に後ろから寄りかかってきた黒澤社長の顔が鏡に映り込みギョッとする。

「いきなり顔を出されたらビックリするじゃありませんか！」

「そんなことより、やっとその口紅使ってくれるんだな。どうだ？　お前によく似合っているだろ？」

その言葉に押されるように視線を鏡に戻すと、黒澤社長の言うように、チークやシャドーとの色のバランスもいいし、何より自分に合っているような気がする。

「ピンクって聞いていたので、もっと派手な色を想像していましたが、落ち着いたいい色ですね」

「トゥレジャーピンクっていうのは、エルフが独自で作った造語だ。本当の名称は退紅色《たいこうしょく》。やや薄い紅色だな」

「そうだったんですね。私、見もしないで自分には似合わないって勝手に判断していました。すみません」

素直に非を認め謝ったのだが、黒澤社長は不服そうな顔で鏡越しに私をチラッと見る。

「お前、俺を誰だと思ってる？」

「はい？」

「いいか？　俺はデザイン事務所の社長で色彩のプロだぞ。普段のお前のメイクを見て、それに合う色を選んだんだ」

そうだった。色に関しては私なんかより黒澤社長の方がずっと精通していて詳しい。なのに、私ったら彼に向かってメイクは色のバランスが大切だとか偉そうなことを言ってしまった。

やってしまった感が半端ない。ペコペコと頭を下げ謝っていると「許してやるが、ひとつだけ条件がある」と言う。

その条件とは、コンペに出すロゴを一週間以内にデザインして提出するというものだった。

「決まりだな。必ず提出しろよ」

強引に押し切られ、とうとうコンペに参加することになってしまった。

ほくそ笑む黒澤社長を横目に項垂れていたら、彼が手を伸ばし私の手から口紅を奪い取る。

「な、なんですか？」

「いいからじっとしてろ」

黒澤社長は鏡の中の私を凝視しながら口紅を唇にそっと当て輪郭に沿うように引いていく。

私の唇が艶やかなトゥレジャーピンクに染まると黒澤社長は満足げな笑顔を見せた。

「思った通りだ。よく似合っている」

その濁りのない澄み切った瞳に心臓が跳ね、思わず肩を窄め下を向く。

「ヤダ、そんなにジッと見ないでください」

「なんで？　俺はお前の彼氏だろ？　彼氏が彼女の顔を見て何が悪い？」

そうだ……私、黒澤社長の彼女になったんだ……。

はにかみながら鏡に映る黒澤社長を見つめ喜んだが、幸せ過ぎて不安になる。

本当にその言葉を信じていいの？

だから確かめずにはいられない。

「私、本当に黒澤社長の彼女になったんですよね？　夢じゃないですよね？」

瞳を揺らし黒澤社長に問うと、彼は私の前髪をかき上げ朗笑した。

「これが夢なら俺も困る」

そう言った後、なぜか少し残念そうに眉尻を下げる。

「せっかく綺麗に塗れたのに……まぁ、仕方ないか……」

そして私の後頭部を抱えると激しく唇を押し当ててきた。

「これでもまだ夢だと思うのか？」

「だって、男の人とこんな風になるの初めてだから……」

「なら、沙良が納得するまでキスしてやるから、そんな切なそうな顔するな」

普段はイジワルな人だけど、時折見せるこの優しさが堪らない。

そして私達は時間が経つのも忘れてお互いの唇を求めキスを繰り返した――。

＊＊＊

——フィールデザイン事務所、社長室。

黒澤社長のデスクの上に二杯目のコーヒーを置くと、彼が大きく伸びをして横目で私を見る。

「腹減ったな……」

「そうですね。コンビニで何か食べる物を買ってきましょうか？」

あれから黒澤社長は私の不安が消えるまでずっとキスをし続けてくれた。それが大きな時間ロスになり、朝食を食べそこねてしまった。

「お前がしつこくキスをねだるからいけないんだぞ」

「ちょっ、黒澤社長、声が大きい……誰かに聞かれたらどうするんですか？」

私達はホテルから事務所に向かう途中の車内で、この関係は事務所では秘密にしようと約束していた。

社長と秘書が付き合っていると他の社員が知れば、確実に仕事がやりづらくなるし、何より、皆に余計な気を遣わせてしまう。

だから今朝の出社時も私は車を降りた後、地下駐車場から階段で一旦一階のエントランスに行って、そこからエレベーターに乗った。

「会社ではそういう話はしないって約束したじゃありませんか。気を付けてください」

「神経質だな。このくらいの声、聞こえやしないさ」

呑気に笑った黒澤社長が私の指に自分の指を絡める。でもその時、予期せぬことが起こった。社長室のドアがノックもなしに勢いよく開き、驚いた黒澤社長が指を絡めた状態で手を引っ込めるものだから、引っ張られた私は座っている彼の上に覆い被さる形になる。まるで私が黒澤社長を襲っているようなシチュエーションに、ドアを開けたＩＣデザイン部の部長が仰天して固まっている。そして放心したまま何事もなかったようにドアを閉めようとした。

「ぶぶぶ、部長！　ちょっと待ってくださいっ！」

「あ、しかし……お取り込み中のようですし、また改めて……」

うわっ！　やっぱり疑われてる。初日で関係がバレるなんてあり得ないでしょ？

「いえ、全く取り込んでいませんから」

私は必死になって言い訳をし、部長を引き止めた。しかし気に入らないのは黒澤社長だ。私がなんとか誤魔化そうと頑張っているのに、今にも噴き出しそうな顔で笑いを堪えている。

「黒澤社長、呑気に笑ってないで部長にちゃんと説明してください」

「んっ？　あぁ……で、部長、そんなに慌ててなんの用だったんだ？」

その問に部長が思い出したように「あっ！」と声を上げ、興奮気味に話し出す。

「そうでした！　例のイタリアンレストランの件で報告があったんです」

「ほう、で、報告とは？」

「先日提出したロゴを使いたいと、今店主から連絡がありました」

「えっ、本当ですか？」

「はい、自分が求めていたデザインはこれだと絶賛していました。さすが黒澤社長ですね」

部長は事情を知らないから、あのロゴをデザインしたのは黒澤社長だと思っているようだ。

「あ、言い忘れていたが、あのロゴをデザインしたのは俺じゃない。ここに居る新垣だ」

「に、新垣君が……ですか？」

「そうだ。そろそろ新垣をデザイナーに戻そうと思っている。エルフ化粧品のロゴコンペにも参加させることにした。ICデザイン部の社員同様、面倒を見てやってくれ。宜しく頼む」

まるで決定事項のように話す黒澤社長を複雑な気持ちで見つめる。

あまり乗り気じゃないけど、黒澤社長がこんなに一生懸命になってくれているんだ。私も腹を決めないと……。

部長が退室すると黒澤社長はロゴデザインが採用されたことを自分のことのように喜んでくれた。

「お前のデザインが認められたんだ。良かったな」

「はい。ありがとうございます」

デザイナーにとって一番嬉しい瞬間。久しぶりに感じる達成感だった。

「じゃあ、お祝いするか？」

「そんなお祝いだなんて……」

「そろそろランチの時間だからな。お前の分も奢るからコンビニでおにぎり買ってきてくれ」

「えっ……おにぎり？」

微妙なお祝いに苦笑しながらコンビニに向かい、黒澤社長の好きな赤飯と鳥五目のおにぎりを買って社長室に戻る。

「やっぱ、赤飯と鳥五目は最強だよな。お前も食え」

朝から何も食べていないからお腹はペコペコ。ふたりして夢中でおにぎりを頬張っていたら、ノックの音がして今度は栗林専務が入って来た。

「おっ、仲良しこよしでランチか？」

栗林専務はニヤけながら黒澤社長の隣のソファに座って私達の顔を交互に眺める。

「なぁ、俺になんか言うことないの？」

「創に言うこと？」

「そう。昨日からの怪しい行動の説明だよ」

私と黒澤社長は同時に動きが止まり、栗林専務の顔を凝視した。

「いつも最後に帰る隼人が定時になった途端、沙良ちゃんを引きずって帰って行っただろ？　お陰で俺が戸締まりする羽目になって八時まで帰れなかった」

事務所の鍵を持っているのは黒澤社長と栗林専務だけ。黒澤社長が帰ってしまったら必然的に栗林専務がラストまで残ることになる。

「で、今朝も七時には出社している隼人が始業時間ギリギリだったし、沙良ちゃんも同じくらいの時間に出社していた。なぁ、おふたりさんは昨夜からずっと一緒に居たんじゃないのか？」

栗林専務が言ったことは全て当たっている。これは厄介なことになったと困惑していたら、黒澤社長が、昨日からずっと一緒にいたとあっさり認めてしまった。

「く、黒澤社長！　何言ってるんですか」

「創には本当のことを言っても問題はない。俺は創に散々言われていたんだ。お前に自分の気持ちを伝えろって」

「えっ……」

栗林専務は、私が秘書になる前から黒澤社長の気持ちを知っていた。そしてその気持ちを伝えようとしない黒澤社長に苛立ちを覚えていたそうだ。

「ったく、ガキじゃあるまいし、何年かかってんだよ」

「うるせぇ。ほぼ毎日、幸せそうな顔で彼氏の惚気話を聞かされていたんだぞ。そんな状態で言えるか？」

ムッとしておにぎりをがっつく黒澤社長の姿を栗林専務が顎を突き出し呆れ顔で眺めている。

でも、不思議なのは栗林専務がカフェで健吾さんに黒澤社長の気持ちを聞かれた時、言葉を濁し何も言わなかったことだ。

「あぁ、あれは、俺が隼人の気持ちを伝えるより、本人から直接聞く方がいいと思ったからだよ。余計なことを言って隼人が拗《す》ねたら面倒だからな」

「そういうことだったんですか……」

脈がないと思ったのは私の勘違い。どうやら深読みし過ぎだったようだ。

「まぁでも、ふたりが上手くいって良かったよ。挑発した甲斐があったってものだ」

「挑発？」

「そっ！　俺が沙良ちゃんとふたりでランチに行ったって知った時の隼人の嫉妬した顔、あれは傑作だったな。だからわざと挑発するようなことを言って煮え切らない隼人の背中を押してやったんだ」

得意げに胸を張る栗林専務を黒澤社長がチラッと見て鼻で笑う。

「恋のキューピッドにでもなったつもりか？　それを余計なお節介って言うんだよ」

そんなふたりの言い合いは栗林専務が立ち上がるまで続いた。

「さて、俺もそろそろランチにするか。ラブラブなふたりの邪魔をしちゃ悪いからな。あ、そうだ。沙良ちゃん、隼人との夜はどうだった？　優しくリードしてくれたか？」

「ぐっ……」

ど直球の質問に慌てふためき、むせて咳き込んでいると黒澤社長まで答えに困るようなことを言うから心拍数が急上昇して全身から変な汗が噴き出す。

「聞くまでもない。最高に決まっているだろ。なぁ？」

「し、知りませんっ！」

「なんだよ。うっとりした顔で俺に抱きついてきたじゃないか」

「もうその話はやめて！」

「照れちゃって可愛いねぇ〜。はいはい、ご馳走様」

茶化すように笑いドアノブに手をかけた栗林専務だったが「あっ」と言って振り返る。

「カフェで会った木村社長も心配していたからな……報告しといた方がいいぞ」

＊　＊　＊

——午後三時、商談室。

「では、来週の金曜日に現地視察ということで、詳細はその時に……」

健吾さんとの打ち合わせは三十分ほどで終了し、黒澤社長は正式にガーデンデザインの依頼を受けた。

「沙良ちゃんのお陰でいいデザイナーさんに出会えたよ。これで予定通りオープンできそうだ」

「いえ、そんな……私は何も……」

そう、お礼を言うべき相手は私ではなく栗林専務だ。あ、栗林専務と言えば……あのこと。

私は黒澤社長に健吾さんをビルの玄関まで送ってくると言って事務所を出た。

エレベーターに乗り、一階のボタンを押したところで健吾さんに黒澤社長とのことを小声で報告する。

「付き合うことになったのは昨夜だから、まだ奈々に何も言ってないんです」

「そうなんだ。とにかくよかった。奈々も喜ぶと思うよ。でも、黒澤社長ってかなりのイケメンだね。沙良ちゃんが惚れるのも無理ないよ」

「そ、そうですか？」

性格に少々難ありだと言いそうになるが、グッと堪える。

「今だから言うけど、カフェで会った時、専務さんを黒澤社長だと思っちゃってさ、沙良ちゃんはこういう男性が好みなのかって内心凄く動揺していたんだ」

「あぁ～栗林専務、金髪に派手なスカジャン姿でしたからね。でも、見かけによらず、意外といい人なんですよ」

「それは話してみてよく分かった。人は見かけじゃないよな」

ふたりでクスクス笑いながらエントランスを突っ切り玄関の硝子戸を押す。

「次に沙良ちゃんに会えるのは視察の時かな？」

「そうですね、ありがとうございました」

健吾さんを見送り事務所に戻ろうとしたのだけれど、エレベーターを降りたところでポケットの中のスマホが短く震えた。

確認するとメッセージアプリの着信で、相手は奈々だった。

【今、健吾からラインがきたんだけど、黒澤社長と付き合い出したってホント？】

げっ！　今別れたばかりなのに、健吾さんもう奈々に報告したの？

やれやれと思いながら事実だと打ち込み、詳しいことはまた電話すると返信した。

奈々も健吾さんも、まるで私の保護者のようだ。でも、それだけ私のことを心配してくれているということ。感謝しなきゃ。

苦笑いしつつ速足で事務所に戻り社長室のドアを開けると、デスクに座っている黒澤社長が私を呼ぶ。

「取りあえず、レジャーホテルはまだ納期に余裕があるから、リープ・ダイニングの方を優先する」

リープ・ダイニングとは、健吾さんが経営している会社だ。

「分かりました。では私は取引のある造園業者に見積もりを依頼して……」

「いや、お前は自分の仕事に集中しろ」

「自分の仕事？」

「ロゴデザインだよ」

それが社長命令だとしても従うつもりはなかった。

コンペに参加する他の社員は通常の業務をこなしながらコンペ作品を制作している。なのに、私だけ他の仕事はせずにロゴデザインに集中しろだなんて、そんな特別扱いはしてほしくない。

「デザインは業務終了後に行います。まだ一週間ありますし、大丈夫です」

私の真剣な顔を見て、これ以上言っても無駄だと思ったのだろう。黒澤社長が諦め顔でため息をつく。

「別にお前を特別扱いしたつもりも、ハンディを与えたつもりもない。ロゴデザインが仕事になれば、乗り気じゃなくてもやらざるを得ない。そう思ったからだ」

「そっちですか……」

「お前がやる気になってよかったよ」

涼しい顔でパソコンに向かう黒澤社長を見て、もしや、またハメられたのではと勘ぐってしまう。

でも、黒澤社長の思惑通りに進んでいるということは、彼の作戦が成功しているってことで、それはつまり私が天邪鬼ってこと……？

なんだか釈然としないが、やると言ってしまった以上、もう後には引けない。私は定時後に事務所に残ってロゴデザインを制作することになってしまった。

＊　＊　＊

「はぁ〜もう八時か……」

シンと静まり返った社長室でひとり、テイクアウトしたハンバーカーセットに付いていたフライドポテトを銜《くわ》え大きな伸びをする。

黒澤社長は定時になると飲みに行くと言って栗林専務が持っていた事務所の鍵を私に渡して帰って行った。

邪魔をしないようにという気遣いなのか、それともただ飲みたかっただけなのか。どちらにしても、もう少し一緒に居たかった……。

そんな思いが脳裏を過った時、昨夜の情事が思い出され心が疼く。

「黒澤社長……」

無意識に彼のデスクに目が行き、自然に熱い吐息が漏れる。

こんな調子で余計なことを考えているのがいけないのだろう。手元のスケッチブックは未だ真っ白。募集要項を何度も読み返しコンセプトを確認しても何も浮かんでこない。

ダメだ。今日の私は使いモノにならない。こんな時は潔く諦め帰るのが一番。

鞄を取り出し帰る用意をしていたら、デスクの上のスマホが鳴り出した。

「ああっ！　奈々に電話するのすっかり忘れていた」

てっきり奈々だと思い慌ててディスプレイを覗き込んだのだが、その予想は外れ意外な人物の名前が表示されていた。

「えっ、美菜？　珍しいなぁ」

美菜は兄の娘、私の姪っ子だ。

不思議に思いながら電話に出ると、明るく弾けるような声が聞こえてくる。

『沙良ちゃん、結婚するんだって？　おめでとう！』

「え？」

一瞬、何を言っているんだろうと思ったが、母親との電話を思い出し、そういうことかと納得した。

『おばあちゃんから聞いてめっちゃ嬉しかった～。よかったね』

今度は姪っ子かと思うと笑えない。

『私が先に結婚しちゃったら、沙良ちゃんがショックを受けるんじゃないかって心配してたんだよね。結婚式も呼んでいいのかなって迷ってたし……でも、これで安心して招待できるよ』

悪気はないのだろうが、美菜の一言、一言がグサグサと胸に突き刺さる。しかし私は二十九歳の大人だ。高校生の言うことにいちいち落ち込んだりはしない。

「そう。気を遣わせちゃってごめんね」

『そんなのいいよ。それより、沙良ちゃんの婚約者ってデザイナーなんだってね。おばあちゃんがイケメンだって騒いでたよ。東京のイケメンデザイナーだなんて、めっちゃかっこいいじゃない』

「う……ん、まぁね……」

『でね、そのイケメンデザイナーさんを私の結婚式に招待したくて……』

「へっ？　美菜の結婚式に？」

『うん、沙良ちゃんの婚約者なら身内同然だもん。式は来年だけど、早めに招待客のリスト作りたいから、イケメンデザイナーさんの名前、教えてくれる？』

「な、名前？」

……なんだか変な流れになってきた。

『それと住所も教えてね。招待状送らなきゃいけないし』

追い詰められた私は、この危機をどうやって乗り越えようかと頭をフル回転させ必死に考える。すると、これ以上ないという名案が浮かんだ。

あっそうだ！　その手があった。

私は黒澤社長の名前を告げ、招待状はフィールデザイン事務所宛てに送ってくれるよう頼む。

本当は黒澤社長の名前を出したくなかったが、彼でなければならない事情があったのだ。

黒澤社長宛ての郵便物は、まず秘書である私の元に届けられる。そこからこっそり招待状を抜き取り、美菜の結婚式当日に適当な理由を付けて欠席にすればいい。

完全犯罪だと鼻息荒く電話を切ったのだけれど、次の瞬間、激しく落ち込む。

本当のことが言い出せず、苦しまぎれについた嘘がこんな大事になるなんて。あの時、お母さんに正直に話していたらこんな嘘、つかなくて済んだのに。あぁ、自己嫌悪……。

どんよりした気分で社長室の明かりを消し、事務所の入り口のドアをロックした時だった。またスマホが鳴り出す。

『ちょっと～いつまで待たせる気？』

「あ、奈々、ごめん」

奈々は二時間前からずっとスマホの前で待機して私からの電話を待っていたそうだ。

昨夜のことを奈々に話しつつ、半分明かりが消えた廊下をゆっくり歩き出す。

『やっぱり黒澤社長も沙良のことが好きだったんだ～。私の言った通りじゃない』

「う……ん、そうだね」

嬉しい報告のはずなのに、さっきの美菜との電話を思い出すと意気消沈してだんだん声が小さくなっていく。

そんな私の異変を目ざとい奈々が見逃すはずはない。何かあったのかと問い詰められ、すっかり気弱になっていた私は情けない嘘をついてしまったと白状してしまう。

けれど奈々が食い付いたのは私の愚かな嘘の顛末《てんまつ》ではなく、美菜の結婚だった。

『えぇーっ！　あの美菜ちゃんが結婚？』

奈々と美菜は一度会ったことがある。

美菜が小学生の時、夏休みにひとりで私のところに遊びに来て、奈々も一緒に食事をしてカラオケに行ったのだ。

『あんな小さかった美菜ちゃんがねぇ～。私達も年取るはずだ』

そして奈々は珍しく私に同情してくれた。

『沙良が嘘つきたくなる気持ちも分かるよ。姪っ子に先越されるなんて屈辱だもん。私が沙良でも見栄張って嘘ついちゃったかもしれないな』

「ホントに？」

『うん、だからそんなに気にすることないって。それに、嘘がホントになる可能性だってあるんだからさ』

なんのことかと思ったら……。

私と黒澤社長が結婚すれば、嘘ではなくなると呑気に笑っている。

「黒澤社長とは、まだ付き合って二日だよ。それはちょっと飛躍し過ぎでしょ？」

『まぁね、でも、黒澤社長と上手くいったんだし、まるっきり嘘ってわけじゃないでしょ？　付き合い出したお祝いに奢ってあげるからそう落ち込みなさんな』

持つべきものは親友。奈々の気持ちは凄く嬉しかった。でも、今の私は祝杯を挙げて飲んだくれている暇はない。コンペのロゴデザインを一週間以内に仕上げなきゃいけないんだ。

奈々には一週間待ってほしいとお願いして、力一杯ビルの硝子扉を押した。

＊　＊　＊

しかし四日経ってもロゴデザインは完成せず、完全に行き詰まってしまった。

一週間で必ず仕上げると啖呵を切った手前、黒澤社長には相談できないし、参ったな……。

今日も事務所にひとり残り悶々としていると、不意に社長室のドアが開く。

「あ、黒澤社長……どうしたんですか？」

「その様子じゃ、まだ完成していないようだな」

「だ、大丈夫です。もう少しで完成しますから」

とは言ったものの、完成までの道のりは遥かに遠い。

こっそりため息をつくと黒澤社長が徐《おもむろ》に私のデスクの上にレジ袋を置いた。

「赤飯と鳥五目のおにぎりだ」

また、これ？　と思いつつ笑顔でお礼を言ってレジ袋からおにぎりを取り出す。で、一息ついて再びペンを持ったのだが、その手は全く動かない。

その様子を見た黒澤社長が「やれやれ」と呟き、コーヒー片手に私の前に立つ。そして何か言いたげな顔でジッとこっちを見るから、慌てて右手を突き出した。

「ストップ！　大丈夫ですから何も言わないでください」

「バカ、今から俺が言うことは特別扱いでもなんでもない。上司として当然の助言だ」

しかし黒澤社長は助言と言いつつ、厳しい顔で私に質問してくる。

「二年前のコンペに参加した時、お前のロゴデザインは申し分ない出来だった。なのに、お前は負けた。その理由が分かるか？」

「負けた理由……」

「そうだ。その理由が分からなければ、おそらく今回も採用されないだろうな」

自分から何も言わないでくれと拒否しておいてなんだけど、その理由が気になって仕方ない。

「どうした？　物欲しそうな顔をして。理由……教えてほしいのか？」

「あ、いえ、その……」

見透かされていると思うと、つい意地になってしまい素直に頷けない。そんな私の顔を覗き込んだ黒澤社長が口辺に怪しい笑みを浮かべた。

「特別扱いはできないからな」

「わ、分かってます！」

ムキになって声を張り上げるも、本心は黒澤社長のアドバイスが喉から手が出るほど欲しい。

「邪魔しちゃ悪いし、そろそろ帰るよ」

あ、帰っちゃうんだ……。

ちょっぴり寂しさを感じたが、振り返った彼が発した言葉に、寂しさなんか吹っ飛んでしまった。

「早く仕上げてもらわないとデートもできないだろ。付き合ってすぐにお預け状態は堪《こた》える」

真顔でそんなこと言われたら私の方が照れてしまう。

紅潮した頬を押さえ、ひとりこっそり舞い上がっていたら、ドアを開けた黒澤社長が再び振り返る。

「あ、そうそう。さっきの理由だが、お前はもう気付いているはずだ」

えっ？　それどういうこと？　全然分からないんだけど……。

閉まったドアを見つめ必死に考えてみたけれど、悲しいかな、見当もつかなかった。

＊　＊　＊

――そしていよいよ提出日前日の朝。

仕事をしつつ、頭の中では二年前の私に足りなかったものはなんなのか、ずっと考えていた。

黒澤社長は、二年前の私は気付いていなかったけれど、今の私は気付いていると言った。ということは、最近のデザインには黒澤社長が求める何かがちゃんと入っていたということになる。

最近、私がデザインしたのはひとつしかない。イタリアンレストランのロゴマークだ。二年前のコンペ作品とイタリアンレストランのロゴマーク。その違いは……何？

デスクに突っ伏してイタリアンレストランのロゴを考えていた時のことを思い浮か

べ、その違いを探っていると……。

あっ！　もしかして、そういうこと？

私は一旦、仕事を中断してもう一度、エルフ化粧品に関する資料を読み返す。

〝昭和三十年創業のエルフ化粧品は今年、会社設立六十五周年の節目を迎えます。これを機に今一度、初心に立ち返り新たなスタートを切るべく弊社のロゴマークを一新することになりました。エルフ化粧品の過去、現在、そして未来を融合した夢のあるロゴデザインを広く募集致します〟

過去、現在、そして未来を融合した夢のあるロゴデザインか……。

私は急いでパソコンを立ち上げ、一時間ほど検索を繰り返す。そしてひとつの記事を見つけた。

それは、二十年ほど前に発刊された雑誌の特集記事で、当時人気があったコラムニストと企業の社長との対談記事だった。その中にエルフ化粧品の前社長の名前もあったのだ。

エルフ化粧品の前社長が一問一答形式で会社への思いやプライベートなことなど、赤裸々に語っている。しかし抜粋記事の為、全文が掲載されているわけではなかった。

この記事の内容、もっと詳しく知りたい。

しかしその後も検索を続けたが、私が求めている情報は得られなかった。

明日は提出日だ。もう綺麗ごとなど言っていられない。午後からは黒澤社長に同行して外出予定だし、なんとかお昼までに調べないと……。

「黒澤社長、お願いがあります！」

私の必死の呼びかけに、黒澤社長が驚いて目を白黒させている。

「な、なんだよ。いきなり……」

「半日、外出させてください」

「外出？　どこ行くんだ？」

「国会図書館です」

「国会図書館……？　何か調べものか？」

黒澤社長は不思議そうな顔をしたが、私がエルフの前社長のことを調べたいと言うと何かを悟ったように「そういうことか……」と呟き、外出を許可してくれた。

そして私は国会図書館で昔の雑誌や新聞を読み漁り、欲しかった情報を全て入手した。

「よし、このテーマで行こう」

方向性が決まると今まで全く浮かばなかったデザインが次々と溢れ出てスケッチを

する手が止まらない。結局、その作業は深夜まで続いた。

「デザインはこれでよし。後はカラーだ」

私は鞄の中のメイクポーチから黒澤社長に貰ったエルフの口紅を取り出し、キャップを外してデスクの上に置く。

トゥレジャーピンク……黒澤社長が私にこの口紅をプレゼントしてくれた本当の理由は、これだったんだね。

彼の図らいの意味を悟り、小さく口元を綻ばす。

そしてようやく満足いく作品が出来上がった頃には、白々と夜が明けていた。

＊＊＊

「……ら、沙良……起きろ」

優しく頭を撫でられ目を覚ますと、黒澤社長が左手にコピー用紙を持って微笑んでいた。

まだ頭がポワンとして半分寝ぼけている状態。体を起こし辺りを見渡してようやくここが社長室だと気付く。

そうか、私、寝ちゃったんだ。

変な体勢で寝てしまったから体のあちこちが痛む。固まった肩を回してコリをほぐしていたら、黒澤社長が手に持っていたコピー用紙を私の目の前に滑らせ静かに笑う。

それには、私が完成させたロゴマークがプリントアウトされていた。

「理由、分かったみたいだな」

「えっ、じゃあ、やっぱりそうだったんですね！」

興奮して声を張り上げると黒澤社長は大きく頷き、私の鼻先を指で突っつく。

「成長したな……沙良」

「あ……」

「俺達は自分の為にデザインをしているんじゃない。おごりは禁物だ」

その言葉の意味を、私は二年かけてやっと理解することができた。

二年前の私はデザイン性ばかりを気にしてその会社が本当に求めているものを見落としていた。つまり、独りよがりなデザインをしていたんだ。

見栄えを良くし、斬新なデザインで人目を引けばそれでいい。そんな思いが心のどこかにあり、クライアントもそれを望んでいると勘違いしていた。

その結果がコンペ不採用という大きなしっぺ返しだったんだ。

「お前がイタリアンレストランのロゴをデザインした時、色々調べて書きなぐったメモを見つけて、ここまでクライアントの気持ちを深く理解し、その思いに寄り添ってデザインしたのかと正直、驚いたよ。だからあのデザインに決めたんだ」

「分かってくれていたんですね」

「当たり前だ。そして今回のこのデザイン。随分、過去を遡って調べたんだな」

凄い。黒澤社長には全てお見通しってことか。

「これならイケる。完璧だ」

その一言でこの一週間の苦労や疲れが吹っ飛び、一気に晴れやかな気持ちになる。

やっぱり私はデザインが好き。それを再確認させてくれた黒澤社長には感謝しかない。あの時、事務所を辞めなくて本当によかった。

喜びを噛み締めていると、朝までオールした私の体を心配した彼が「今日はもういい。帰って寝ろ」と声を掛けてくれた。

でも、大きな達成感で近年まれに見る大量のアドレナリンが放出されていた体は疲労感など皆無。気持ちも高揚して興奮が収まらない。

「いえ、多分帰っても寝られないと思いますので仕事します」

爛々《らんらん》と目を輝かせそう言うと、黒澤社長が座っている椅子ごと私をくるりと回し、肘掛けに両手を付いて嬌笑《きょうしょう》しながら顔を近付けてきた。

「あんまり無理するな。でも、これでやっと禁欲解禁だな」

「あ……」

そんな風に色気を孕んだ目で見つめられたら、また違った意味で気持ちが高ぶる。

事務所では今まで通り社長と秘書。その関係を貫くと約束したのに、首筋に熱い吐息を吹き掛けられ、顎を持ち上げられると抗《あらが》うことなどできず、気付けばその先の展開を期待して自ら瞼を閉じていた。

黒澤社長を欲する気持ちが抑え切れなくなり、彼のスーツの袖を強く握った時だった。まだ始業時間まで一時間半もあるというのに、ドアをノックする音が聞こえる。

ふたり同時に振り返ると、ちょうど磯野さんがドアを開けたところだった。

あ、そうか。磯野さんは他の社員より早く出社して始業時間まで社長室に居るって言っていたっけ。

どうやら黒澤社長とのきわどいシーンは見られずに済んだようだが、磯野さんは私がここに居ること自体が気に入らないようで、じっとりとした粘着質な視線をこちらに向けている。

「あ～あ、新垣さんが居るなら、こんな早く来るんじゃなかったな～」

あからさまに不快な顔をする磯野さんに心の中で露骨過ぎる、と呟き苦笑い。

そしてこの際だから言っておこうと、それとなく社長の仕事の邪魔はしないよう注意したのだが、反対に「どうして新垣さんにそんなことを言われなくちゃいけないんですか?」と返されてしまった。

「どうしてって……私は黒澤社長の秘書ですから、社長の仕事に支障をきたすようなことがあれば、その原因を排除しなければならない。それが私の仕事よ」

「ふーん……秘書にそんな権限があるんだ……でも、それだけが理由じゃないような気がするけど」

意味深な言葉にドキッとして言葉に詰まる。

その後も磯野さんは散々憎まれ口を叩き社長室を出て行った。

「なんなの……」

私は磯野さんの横柄な態度に呆然としてしまったが、黒澤社長は我関せずって感じで飄々としている。

「気にするな。今時の若い子はあんなものだ。いちいち腹を立てていたらキリがないぞ」

「いえ、今時の若い子でもちゃんとした人は居ます。さすがにあの態度は注意すべきでは？」

　すると黒澤社長は鼻で笑い、私をチラッと見た。

「もっと生意気な社員がいるから気にならなかったよ」

「……それ、私のことですか？」

「分かっているならいい」

「なっ、私がいつ生意気なこと言いました？」

「んっ？　いつって、毎日だよ」

　お互い一歩も引かず、ああだこうだと言葉が飛び交っていたのだが「でも、そんな生意気な女が好きなんだよな」なんて低音ボイスで囁かれると何も言えなくなってしまう。

　これが惚れた弱みってことなのかも……と苦々しく思っていたら、突然抱きすくめられ耳元で甘い声が響く。

「さっきの続き……するか？」

「あっ……」

　久しぶりの抱擁に頬が熱く上気して心臓が早鐘を打つ。でも、私達の仲を疑っている磯野さんが事務所内に居ると思うと少々落ち着かない。

「やっぱり……ダメです」

近付いてくる黒澤社長の顔から視線を逸らし横を向いたのだが、そのまま体を押され後ろの壁に押し付けられてしまった。

両手首を掴まれ身動きできないで居ると、彼が色素の薄い瞳を揺らし、ため息混じりの息を吐き出す。

「沙良の唇が欲しい……今お預けをくらったら、今日の仕事に支障が出る。お前は俺に仕事をさせない気か？」

切羽詰まった声に刺激され、私まで視線が揺れる。

「黒澤社長……私……」

「約束を破るわけじゃない。今からするキスは、デザインを完成させたご褒美だ」

「ご褒美……ですか？」

勝手な言い分だと思ったけれど、ここまできたら理由なんてどうでもよかった。

「あぁ、ご褒美のキスだ……」

黒澤社長はそう言うと私の唇を荒々しく奪う。思わず仰け反ってしまうほどの強引なキスに彼の狂おしいほどの愛を感じ、深く重なった唇から幸せの吐息が漏れる。

直後、尖《とが》った舌が口を割り咥内に侵入してきてゆっくり何かを確かめるように歯の裏をなぞり、私の舌を絡め取った。

「んんっ……」

背徳感が消えたわけではなかったけれど、ご褒美のキスがあまりにも心地よくてもう何も考えられない。ただひたすら夢中でお互いを求め、激しくキスを繰り返していたのだが、その至福の時はすぐに終わりを告げた。

「これ以上キスをしていたら、今度は別の理由で仕事が手につかなくなる。この続きは今夜……」

〝今夜〟というワードが火照った体を更に熱くさせ、今すぐ夜になって欲しいと願わずにはいられなかった。

＊＊＊

──その日の午後……。

久しぶりに黒澤社長とデートができると浮かれていた私に、奈々からメッセージが届く。

【明日から暫く海外出張になっちゃったの。出張に行く前に黒澤社長の件、詳しく聞

かせて。じゃないと出張に行っても気になって仕事にならない】

仕事が手につかない人間がここにも居た。

奈々には黒澤社長のことで心配掛けちゃったし、仕方ないか……。

ということで、急遽《きゅうきょ》、仕事終わりに奈々と会うことになった。

待ち合わせたのは健吾さんが経営するいつものバー。

約束の時間にバーに行くと、なんと健吾さんまで来ていてふたりから質問攻めに遭う。

そんな尋問みたいな時間が小一時間ほど続き、やっと全ての質問に答えたと思ったら、健吾さんが突然私に頭を下げた。

「えっ？　今からふたりでディナーなの？」

「あぁ、せっかく来てもらったのに申し訳ない。奈々を驚かそうと思って今夜のディナーの件は知らせていなかったんだよ」

「そうなの。私もさっきそのことを聞いて……沙良、ホントごめんね。健吾ってサプライズが好きでしょ？　私が出張する前にって、こっそりディナーを予約してくれたんだよね。人気の店でなかなか予約が取れないレストランだからキャンセルするのもったいなくて……」

なるほどね、健吾さんってサプライズが大好きだもんね。奈々の誕生日なんかはいつも手の込んだサプライズで奈々を驚かせて喜んでいたっけ。

「君達が会う約束してるって知らなくてさ。この埋め合わせは、また今度ゆっくりするから……」

「いえいえ、そんなに気にしないでください。私の話は終わりましたから。ディナー楽しんできてください」

笑顔で頷きバーを出ると駅に向かって歩き出す。

でも、時間はまだ七時過ぎ。今事務所に戻れば黒澤社長が居るかもしれない。

一応、電話をして確認しようと思ったが、どんなに鞄の中を探してもスマホが見当たらない。

バーではスマホを使っていない。忘れたとすれば事務所だ。どちらにしても事務所に戻らないと……。

慌てて今来た道を引き返し、フィールデザイン事務所が入るビルに駆け込む。

ようやく事務所の前まで辿り着いて乱れた呼吸を整えドアを押してみると……。

あ、開いた。よかった。黒澤社長、まだ居るんだ。

明かりが消えたICデザイン部を抜け、奥にある社長室のドアをノックしようとしたのだけれど、突然中から女性の怒鳴り声が聞こえ、慌てて手を引っ込める。

こんな時間に……誰？

なんだか凄く嫌な予感がして息を殺し聞き耳を立てた。

「──事務所の経営権を渡さないのなら、法的措置も辞さないから！」

その発言でピンときた。

この女性は、黒澤社長が言っていたお父さんの再婚相手、塔子さんだ。

その後も塔子さんは一方的に捲《まく》し立てて強気な発言を繰り返す。そのあまりにも理不尽な要求に苛立ちを覚え、黒澤社長を助けなければという思いが強くなっていく。

勝手な言い分ばかり。どうして黒澤社長は黙っているの？

我慢できなくなった私はドアを開け、いつかのフローラルの香りが漂う社長室で声を張り上げた。

「失礼ですが、仕事の邪魔をされては困ります。黒澤社長に用がおありでしたら、秘書である私を通してください！」

しかし振り返った彼女の顔を見た瞬間、私は絶句して呆然と立ち竦む。

「どうして……」

やっとの思いで声を絞り出した直後、黒澤社長が大きな舌打ちをして顔を歪めた。

「ったく……なんで来るんだよ」

えっ？　黒澤社長、怒ってる？

彼の意外な反応に動揺して視線が泳ぐ。そして塔子さんが含み笑いで私を見ていることに気付き、更に心が乱れた。

「あなたのこと、覚えているわ。確か、デザイナーだったわよね？」

間違いない。この女性は、二年前に参加したコンペで私の全てを否定し、プライドをズタズタにしたあのデザイナーだ。でも、コンペの結果発表の時と名前が違う。

あぁ、そうか。仕事の時は本名ではなくビジネスネームを使っているんだ……。

あのデザイナーと塔子さんが同一人物だと知り、愕然としていると、塔子さんが近付いて来て蔑むような目で私を見た。

「可哀想に……デザインの才能がないから秘書になったの？」

その言葉に頭を抱えて項垂れていた黒澤社長が憤慨し、デスクを叩いて立ち上がる。

「新垣は今でも立派なデザイナーだ。その証拠に、来月行われる化粧品会社のロゴコンペに参加することになっている」

しかしそれを聞いた塔子さんが、そのコンペなら自分も作品を応募した。また今回も自分の勝ちだと薄ら笑いを浮かべる。

「いや、新垣がデザインしたロゴは俺が見ても最高の出来だった。前回とは違う」

「あらそう。そんなに自信があるなら賭けをしない？」

塔子さんが言う賭けとは、もし私の作品がコンペで採用されれば、フィールデザイン事務所の経営権は諦める。しかし採用されなかったら塔子さんが経営権を譲り受けるというものだった。

「そんな賭け、バカげてます！」

私はすかさずその提案を拒否。当然、黒澤社長も断ると思ったのに、彼は躊躇《ためら》うことなくその提案を受け入れてしまったのだ。

「黒澤社長、正気ですか？」

彼が座っているデスクに駆け寄り大きく身を乗り出す。

「もちろん正気だ。心配することはない。あのデザインは必ず選ばれる」

何を根拠にそんなこと……。

驚きと焦りで、もう生きた心地がしなかった。すると背後から塔子さんの嬉しそうな声が聞こえてくる。

「社長が承諾したんだから、賭けは成立ね。結果を楽しみにしているわ」

「ちょっと待ってください」

しかし塔子さんは引き止める私の手を振り払い、不気味な笑みを浮かべ社長室を出て行ってしまった。目の前のドアが閉まると私は唇を噛み振り返る。

大事なことを深く考えもせず簡単に決めてしまった黒澤社長に憤り、なぜあんな賭けをしたのだと声を荒らげた。

「無謀過ぎます。私の作品が採用されなかったら、亡き前社長から受け継いだ大切な事務所を手放すことになるんですよ」

しかし黒澤社長は絶対に負けることはないと断言し、ヒステリックに叫ぶ私を一喝した。

「お前は採用されると信じてあのロゴをデザインしたんじゃないのか？」

「あ……」

その言葉にハッとし、拳をギュッと握り締める。

そうだ。今回はあの女性にけなされた二年前の作品とは違う。エルフ化粧品という会社を入念に調べ、私の思いの丈を全て注ぎ込んだこれ以上ないと思える自信作。

「俺はお前と自分のデザイナーとしての感性を信じる。だからお前も俺と自分の才能を信じろ」

初めは無謀な賭けに狼狽していたが、黒澤社長が自信満々な笑顔で「心配することはない」と何度も呪文のように繰り返すものだから、今度こそ塔子さんに勝てるかもしれない……と徐々に、気持ちが変化していく。

「で、お前は何をしにここに戻って来たんだ？」

「あ、そうだ！　スマホを忘れて……」

自分のデスクに駆け寄り書類の下に隠れていたスマホを見つけてホッと息を吐く。

すると黒澤社長が「なんだ……スマホか」と残念そうに口をへの字に曲げた。

「あ、いえ、スマホを忘れたってこともありますが、戻って来た一番の理由は……黒澤社長と一緒に居たくて……」

私の言葉を聞いて満足そうに口元を綻ばせた黒澤社長がこちらに向かって手を差し出してくる。

「今から俺の部屋……来るか？」

頬を染めて握り締めたその温かい手は、一時間後、一糸纏わぬ私の体を抱き締めていた——。

PARTⅥ　なんちゃって花嫁の奮闘

週末の金曜日。私と黒澤社長は、健吾さんと待ち合わせ、郊外のガーデンレストランに来ていた。

英国風のモダンスタイルの建物は均整の取れたシンメトリーデザイン。壁は真っ白な漆喰《しっくい》で赤茶色の梁《はり》と瓦が印象的だ。

レストランは小高い丘の上にあり、眼下に広がるのは緑映える新興住宅街。

「昼の眺めもいいですが、夜も素敵なんですよ」

健吾さんは不動産会社の人にここを紹介された時、この建物と景色を見て迷わず即決したそうだ。

「なるほど、しかし本格的な英国建築ですね。ここまで忠実に再現された建物は希少ですよ」

本場を知る黒澤社長も感心しきりだ。

「バブルの時代に英国スタイルに魅せられた成金が別荘にと建てたそうです。家具やステンドグラスもイギリスから船で運んだと聞きました。いい買い物をしましたよ。

しかし長年放置されていたせいで庭は荒れ放題でして……」

健吾さんが眉を下げると黒澤社長がニッコリ笑う。

「大丈夫です。イングリッシュガーデンは自然美を残し色彩を楽しむ庭ですから、やりがいがあります」

頼もしい言葉を紡いだ後、庭を歩きながら黒澤社長がサンプルの資料を見せ、健吾さんの希望を聞く。

私はふたりから少し離れた場所で庭の写真を撮っていたのだが、気付くとシャッターを押す手が止まっていた。

その原因は、塔子さんだ。黒澤社長に大丈夫だと言われ一度は私もそう思ったけれど、冷静になって考えてみれば、やっぱり怖くて……完全に不安を拭い去ることはできなかった。

二週間後には最終選考に残る五作品が発表になる。もしその段階で私のデザインしたロゴが選ばれなかったらフィールデザイン事務所は塔子さんのものになり、このガーデンデザインもどうなるか分からない。そんなことになったら健吾さんにまで迷惑を掛けてしまう。

最悪の事態を想像すると胃がキリキリ痛み写真どころではない。

深いため息をつき、風に揺れる木の葉を焦点の合わない目でボーっと眺めていたら、庭を一周したふたりが戻って来て黒澤社長が私を呼ぶ。

ある程度イメージが固まったようで打ち合わせは終了したとのこと。私達三人はガーデンレストランを後にし、黒澤社長の車で急な坂道を下って行く。

すると健吾さんがレストランのオープンイベントについて熱っぽく語り出した。

「オープン前日に、工事関係者やお世話になった業者、経営している他店の常連さんなどを招待してちょっとしたパーティーをする予定でね、その時に模擬結婚式をしようと思っているんだ」

「へぇ～模擬結婚式かぁ。素敵ですね」

「せっかくだからネットで結婚を考えているカップルを何組か募集して参加してもらおうと思っているんだよ。SNSで発信してもらえれば、いい宣伝になるからね」

花嫁と花婿は知り合いのモデル事務所にお願いして美男美女を揃える予定だとか。

当日は私と黒澤社長も是非参加してほしいとお誘いを受けた。

そしてフィールデザイン事務所が入るビルの前で私と健吾さんは車を降り、健吾さんが車を停めたパーキングに向かったのだが、その途中、健吾さんがニヤけながら私に耳打ちしてくる。

「模擬結婚式を体験したら黒澤社長もその気になるかもしれないよ」

「えっ？」

「奈々に聞いたよ。黒澤社長と結婚するって姪っ子に嘘ついちゃったそうだね」

「もう、奈々ったら、健吾さんにはなんでも喋っちゃうんだから……ホント、ふたりは仲がいいですね」

なんでも話してしまうふたりに呆れ、半ば投げやりになってそう言うと健吾さんが急に真顔になる。

「そうだな……今こうやって奈々と仲良くしていられるのも沙良ちゃんのお陰だ。あの時は別れる寸前だったもんな」

健吾さんが言う〝あの時〟とは、一年ほど前、ふたりが大喧嘩をして奈々が健吾さんと同棲しているマンションを飛び出し、私の部屋に転がり込んで来た時のことだ。

「沙良ちゃんが俺と奈々の間に入って喧嘩の仲裁をしてくれなかったら俺達はとうの昔に別れてた。沙良ちゃんは俺達ふたりの恩人。俺も奈々も君には感謝しているんだ。だから沙良ちゃんにも幸せになってもらいたいんだよ」

「健吾さんのお節介は、それが理由？」

「そっ、奈々がどうしても沙良ちゃんと黒澤社長をくっつけたいって言うからさ」

なるほどね、どうして健吾さんが自分の過去をさらけ出してまで黒澤社長に気持ちを伝えろと言ったのか、その理由がやっと分かった。

「でも、奈々にも言ったけど、私と黒澤社長はまだ付き合って間もないし、結婚なんてあり得ない……そんなこと黒澤社長に言ったらドン引きされます」

明るく豪快に笑ったが、本心は違っていた。いずれはそうなればいいなという淡い期待が芽生え始めていたのだ。

＊　＊　＊

その日の夜、私は黒澤社長のマンションに来ていた。

来る途中で美味しい中華を堪能し、今は広いリビングのソファに並んで座り、黒澤社長お勧めのワインを飲んでいる。

明日は土曜で仕事は休み。ふたりでゆっくり過ごせると思っていたのに、夜九時を過ぎた頃、黒澤社長に電話がかかってきた。

相手はクライアントの大森物産の社長。明日、ゴルフに行くことになっているのだが、一緒に行く予定だった人が急に行けなくなり、黒澤社長に来てほしいと。

「明日、ゴルフに行くんですか？」

電話の会話を聞き分かってはいたけれど、一応確認してみる。

「あぁ、大森物産の社長には世話になっているからな。この前、会社に来てくれた時も会社案内のパンフレットのデザインを任せてくれると言っていたし……悪いな」

仕事絡みなら我がままは言えない。仕方ないことだ。

「それで、どこのゴルフ場に行くんですか？　遠い所なら朝早いんですよね？」

「宮ノ森カントリー倶楽部《くらぶ》だそうだ。俺はプレーしたことはないが、大森物産の社長が言うには、ここから車で一時間半くらいらしい」

「えっ、宮ノ森？」

「知っているのか？」

「はい、私の実家の近くにあるゴルフ場です」

私はゴルフをしないから行ったことはないけれど、数年前まで営業職だった兄が接待でよく利用していたのだ。

「そのゴルフ場ってクラブハウスのお風呂が天然温泉のかけ流しで、凄く評判がいいんですよ」

「ほう、天然温泉か。いつもはシャワーだけで済ませるんだが、せっかくだから温泉に浸かってくるか」

「是非是非。ゆっくり浸かってリフレッシュしてきてください。あ、それとコースの方ですが、アップダウンは少ないけどラフが深くて林に入れると苦戦するみたいですから注意してください」

兄からの聞きかじりを得意げに話していると、黒澤社長がとんでもないことを言い出した。

「お前、最近実家に帰ってないんだろ？　明日は休みだし、実家に帰りたいならついでに乗せていってやるぞ」

げっ！　そんな恐ろしいことを言わないでほしい。今の私が一番近寄りたくない場所は実家なのだから。

引きつった笑顔で実家行きを速攻で断り、動揺を隠すようにワインを一口飲む。すると何を思ったのか、黒澤社長が突然私の手からワイングラスを奪い取ってローテーブルの上に置く。

「予定が狂っちまったからな。明日の分もキスしておかないと……」

「えっ？　キス？」

そう声を上げた時にはもうソファの上に倒されていて、妖艶な瞳が私を見下ろしていた。

「一晩中、沙良を抱けると思って楽しみにしていたのにな……残念だ」

「ひ、一晩中……ですか？」

「そう、一晩中。明日の朝までずっとだ」

「そ、そんなの無理です……」

赤面した私が首を左右に大きく振った直後、黒澤社長は嬌笑しながらネクタイのノットに人差し指を差し入れ、それを解く。そして素早くワイシャツを脱ぎ捨て私を抱き締めた。

露わになった逞しい胸からは少し速い鼓動が伝わってきて、私の心臓もドクンドクンと大きく脈を打つ。そのふたつの音がはもるようにひとつになると、それを待っていたかのようにいつもより熱を持った柔らかい唇が触れ、低く艶のある声が響いた。

「やっぱり、キスだけじゃ収まりそうもない」

それは私も同じ。キスだけじゃイヤ……。

高まりを増す胸に彼の唇が啄むようなキスを散りばめると、その刺激で甘い声が漏れ、体の中で燻《くすぶ》っていた小さな炎が一気に燃え上がる。

だからいつもより時間をかけ焦《じ》らすように肌を滑る指先がもどかしくて堪らず彼の

背中に爪を立てていた――。

＊＊＊

――二週間後。

私は朝から落ち着かず、五分置きにキーボードを打つ手を止め、デスクの上のスマホと壁の時計を交互に眺めていた。

今日はコンペの最終選考に残る五作品が発表される日。結果は直接本人にメールが来ることになっている。

午前中に連絡があるはずなのに、もう十一時。もしかして不採用だったのではと不安で生きた心地がしない。しかし黒澤社長は相変わらず自信満々で、落ちるはずはないと余裕の表情だ。

あぁ……胃が痛い。気持ち悪くて吐きそう。

苦い唾を飲み込み眉を寄せたその時、社長室にメールの着信音が鳴り響いた。

「ひっ……」

ビクッと体を震わせ黒澤社長を見ると、全く緊張感のない笑顔で頷いている。

恐る恐るスマホを手に取り、深呼吸をしてメールを開いてみれば……【コンペ通過者へのご連絡】という文字が目に飛び込んできた。

思わず渾身《こんしん》のガッツポーズを決めて天を仰ぐ。

「黒澤社長、最終選考に残りました！」

だが、狂喜乱舞する私とは対照的に黒澤社長は至って冷静だ。

「当たり前だろ？　あのデザインが落ちるはずがない」

「でも、万が一ってことだってありますし……あぁ……よかった」

これからが本番だけど、少しだけ肩の荷が下りた。

「最終選考の発表は、六月二十六日の日曜日。午前十時からキャニオンホテルの朱雀《すざく》の間で行われるそうです」

事前連絡はなく、発表まで誰のロゴデザインが採用されるか分からないとのこと。

偶然にも、発表の仕方も場所も二年前のコンペと全く同じだ。

「正にリベンジ。まるで、お前の為に用意されたような舞台だな」

なんて黒澤社長は言うけれど、私にはそれが新たなプレッシャーになる。

「そんなに煽《あお》らないでください」

「ほう……二年前、最終選考に残った時は当然だ、みたいな顔していたのにな」

そう、あの時の私は怖いモノなどなかった。自分の力を過信して選ばれて当然だと思っていたんだ。だからコンペで負けた時はその現実を素直に受け入れることができなかった。

そんな状態で塔子さんに罵倒され、私のデザイナーとしてのプライドは木っ端《こっぱ》みじんに砕け散った。

「あの頃は若くて未熟だったんです。そして……愚かだった」

「謙虚になるのもいいが、なり過ぎるのもよくない。モノを作り出す人間にはある程度の自信が必要だからな」

「黒澤社長が塔子さんとあんな賭けをしなければ、もっと自信を持てたと思うんですけど……」

「それ、嫌味か？」

「そうです」

嫌味のひとつくらい言わせて欲しい。賭けが決まってからというもの、私がコンペに対して抱えるプレッシャーは相当なものだったのだから。

険悪なムードになりかけた時、健吾さんから電話がかかってきた。

なんでも、私と黒澤社長に大事な話があるそうで、今から事務所に来ると言う。

「ガーデンデザインの件でしょうか？」

「おいおい、あれはもう造園業者が入ってオープンに向け、急ピッチで工事が進められているんだ。今更変更はできないぞ」

ヒヤヒヤしながら待つこと数十分。現れた健吾さんはどことなく落ち着かない感じで明らかにいつもと様子が違っている。

商談室で要件を聞くと健吾さんは神妙な顔でいきなり私達に頭を下げてきた。

「えっ？　ちょっ……健吾さん、どうしたんですか？」

「実は、ふたりにお願いがあって……沙良ちゃんと黒澤社長に結婚式を挙げてもらいたいんだ」

「えっ？　結婚式？」

健吾さんの唐突なお願いに私と黒澤社長は顔を見合わせ絶句する。

「正確には、結婚式をするふりをしてほしい」

「ふり？」

全くもって意味不明。困惑気味に健吾さんを見つめると、更に驚きの発言が飛び出した。

「実は、奈々と結婚しようと思って……」

「えぇっ！　それ、ホント？」

以前、私は奈々に健吾さんと結婚しないのかと聞いたことがあった。その時の奈々は、健吾さんは自由奔放な人だから結婚願望なんてないだろうし、自分も今の状態が一番いいなんて言っていたけど、ちょっぴり寂しそうな顔をしていた。

本心は健吾さんと結婚したいと思っているのに強がっているのではと気になっていたけど、そんな心配は無用だった。健吾さんは奈々との将来を真剣に考えてくれていたんだ。

そのことが嬉しくて健吾さんの手を握りお祝いの言葉を贈ったのだが、健吾さんは何かを企《たくら》んでいるような顔でニヤリと笑う。

「でね、サプライズで奈々を驚かせてやろうと思ってさ」

「サプライズ……ですか？」

――健吾さんの説明はこうだ。

数日前、奈々にガーデンレストランのプレオープンのイベントで模擬結婚式をすると話したら、今まで健吾さんの仕事に殆ど興味を示さなかった奈々が珍しく食い付いてきてガーデンレストランを見てみたいと言ったそうだ。

「それで、休みの日にふたりで現地に行ったんだ。そうしたら、奈々が目を輝かせて

『こんな素敵なところで結婚式を挙げることができたら最高だよね』って言ったんだよ」

その言葉を聞いた健吾さんは決心する。奈々とここで結婚式を挙げようと。でも、ただ式を挙げるだけでは面白くない。

サプライズ好きの健吾さんは、模擬結婚式を自分達の本当の結婚式にして奈々を驚かせようと考えた。

「でもね、結婚式を挙げるとなると色々事前準備があるだろ？　特に女性にとって結婚式は人生最大のイベント。奈々の結婚式に対する夢や希望もあると思うんだ」

「確かにそれはあると思います。特にドレスやブーケなんかは自分の好みとかあるし」

「だろ？　僕が勝手に決めて用意しても、こんなドレスはイヤだって言われたら結婚式が台無しだ」

「……でもそれと、私と黒澤社長が模擬結婚式をすることがどう関係するんですか？　当初の予定通り、モデルさんを使って模擬結婚式を挙げるって言っても別に問題ないと思うんですけど」

最大の疑問を口にすると健吾さんが身を乗り出し私を指差す。

「いや、沙良ちゃんじゃなきゃダメなんだよ！」

「えっ？　ダメなんですか？」

「あぁ、沙良ちゃんが花嫁役をやると言えば、奈々は率先して模擬結婚式の準備を手伝うはずだ。ドレス選びも喜んで付き合うと思う。そこで奈々のドレスの好みやどんな式にしたいのかをそれとなく聞き出してもらいたいんだ。ダメかな？」

　あぁ……なるほど。奈々の性格からして、面識のないモデルの為にわざわざ時間を割いてドレス選びに付き合うなんてことしないだろうし、そうなると奈々の希望を事前に知ることはできない。健吾さんはそう考えたから私に花嫁役を頼んできたのか。

　奈々を喜ばせたいという健吾さんの想いは十分伝わっていた。でも、私は複雑な心境だった。

　もちろん奈々の幸せの為なら全面的に協力したい。だけど、そうなると黒澤社長を巻き込むことになる。いくら健吾さんの頼みでも、黒澤社長が了承しなければ成立しない。

　答えに迷っていたら、隣の黒澤社長が目を輝かせて私の肩をバシバシ叩く。

「サプライズ結婚式か。面白そうじゃないか！」

「へっ？　黒澤社長、本気で言ってるんですか？」

「もちろん本気だ。お前も協力するだろ？」

私が心配することはなかった。黒澤社長はやる気満々だ。それどころか彼は健吾さんに驚きの提案をする。

「しかしそこまでするなら、いっそのこと模擬結婚式じゃなく本当の結婚式ってことにしませんか？」

「……んっ？　本当の結婚式……ですか？」

「そうです。急遽、私と新垣が本当に結婚することになって、それを知った木村社長の厚意で模擬結婚式を私達の結婚式に変更してくれた……ってことにした方が、奈々さんも本気で協力しようと思うんじゃないですか？」

ほ、本当に結婚する……？

もちろんそれはただの提案。実際に私と黒澤社長は結婚などしないと分かっていてもなんだか落ち着かない。

でも冷静さを取り戻すと、そんな大それた嘘、さすがにやり過ぎなのではと不安に思ったのだが、目の前の健吾さんは最高の笑顔で黒澤社長の提案を絶賛した。

「それ、いいですね！　沙良ちゃんの本当の結婚式ってことになれば、奈々も張り切ると思いますよ」

「いや、それはちょっと……」

しかしふたりは私を完全無視。男同士で熱く盛り上がりどんどん話を進めていく。

「えっ？　私もウェディングドレスを着るんですか？」

「ギリギリまで奈々には秘密にしておきたいからね。ウェディングドレス姿の沙良ちゃんを見て完全に君達の結婚式だと思わせたところでプロポーズをする。その方が奈々の驚きも大きいだろ？」

このサプライズに賭ける健吾さんの意気込みは分かるけど、ダメ押し感が半端ない。

「それでふたりにひとつ提案なんですが……」

健吾さんは、せっかくだからレストランの宣伝に協力してほしいと言う。

「沙良ちゃんと黒澤社長はふたりともモデル並みの高身長で美男美女だ。ＳＮＳ映え間違いないからね」

健吾さんが考えたＰＲ作戦とは、奈々が健吾さんのプロポーズを受け、支度をしている間に新郎新婦に扮《ふん》した私達が庭を散策している招待客にプレゼントの焼き菓子を渡してまわり、その様子を自由に撮影してもらうというものだった。

「写真を撮ってくれた人達がＳＮＳに上げて拡散してくれれば、最高の宣伝になるだろ？」

「はぁ……そうかもしれませんが、なんか責任重大だなぁ……」

私が難色を示すも、黒澤社長は今回もノリノリだ。

「そんなことでガーデンレストランのPRになるなら喜んでやらせてもらいますよ」

黒澤社長がこんなにサービス精神旺盛な人だとは知らなかった。

呆気に取られていると、健吾さんがまた思ってもみないことを言い出す。

「でも、僕と奈々が結婚すると知って、沙良ちゃんも黒澤社長と本当に結婚したくなったんじゃない？」

黒澤社長の前でズバリ聞かれ、大いに焦る。

いずれは黒澤社長と結婚したいと思っているけれど、本人を目の前にそんなこと言えるわけないいじゃない。

「け、健吾さんっ！　変なこと言わないでください。私達はまだ付き合ったばかりで、結婚だなんて……そうですよね？　黒澤社長……」

否定的な言葉を口にするも、心のどこかで黒澤社長の前向きな発言を期待していた。

でも、彼の返事は一言「そうだな」という素っ気ないものだった。

だよね。まだそこまで考えられないよね。

想像はしていたものの、ちょっぴり寂しさを感じ視線を落とすと、健吾さんが何かを思い出したように大きく手を叩いた。

「あ、そうそう。興奮して大事なことを言い忘れていました。ようやくプレオープンの日が決まったんですよ」

健吾さんが私達に伝えた日付は、六月二十六日。ロゴデザインの最終選考と同じ日だった。事情を知った健吾さんが頭を抱える。

「困ったな……契約しているウェディングプランナーさんと自分のスケジュールの都合上、どうしてもこの日でないとマズいんですよ」

しかしよくよく話を聞くと、オープニングイベントは午後一時からということで、最終選考が終了してから駆けつけても十分間に合うということが判明した。

「俺達が会場に居ないと奈々さんが変に思うかもしれないからな。良かった」

黒澤社長と健吾さんが安堵の表情を見せるも、私にはどうしても引っ掛かるものがあった。

「でも、六月は梅雨の時期で雨が降る可能性が高いのに、どうしてガーデンレストランのオープンを六月にしたんですか？」

その質問に健吾さんが不思議そうな顔で首を傾げる。

「沙良ちゃん、何言ってるの？　そんなの決まってるじゃない。ジューンブライドだからだよ。沙良ちゃんだって結婚するならジューンブライドがいいだろ？」

「えっ、えぇ……そう言われれば、そうですが……」

正直、驚いた。健吾さんは自分の仕事の成功より、奈々への想いを優先したんだ。

それほどまでに愛されている奈々がちょっぴり羨ましく思えた。

＊＊＊

その日の午後、私は黒澤社長に急かされ奈々に【大事な話があるから、今日の仕事終わりに会えない？】とメッセージを送った。

待ち合わせたのは、あのカフェ。そこで私は設定通り、黒澤社長と結婚が決まったと告げる。

「ええっ！　黒澤社長と結婚するの？　それ、マジ？」

奈々は椅子から転げ落ちそうになるくらい驚いていた。そして自分のことのように喜んでくれた。

「良かったじゃない。これで美菜ちゃんについた嘘が嘘じゃなくなるね」

「う、うん。それでね、奈々にもうひとつ報告があるんだ……今日、ガーデンレストランの件で健吾さんがウチの事務所に来たんだけど、その時、私と黒澤社長の結婚を知った健吾さんからある提案をされて……」

私はガーデンレストランで結婚式を挙げることになった経緯を説明して奈々の反応を観察する。実は、あれから色々考え、私はある決断をしていた。

奈々の様子を見て結婚に乗り気じゃなかったら、正直に健吾さんにそのことを伝えて今回のことは断ろうと……。

健吾さんの気持ちは分かるけど、奈々がサプライズ結婚式を望んでいなかったら、ふたりの人生もオープンイベントも台無しになってしまうもの。

全て奈々次第だとグッと奥歯を噛み締めその表情を覗き見ると、奈々が頬をふくらませ不服そうな顔をする。

「何それ？　ちょっとショックなんだけど……」

「えっ、どうして？」

「私、健吾とそのガーデンレストラン行ったんだよね。でね、凄く素敵なところだったから、それとなく健吾に言ったの。『こんな素敵なところで結婚式を挙げることができたら最高だよね』って」

奈々は今回のオープンイベントが模擬結婚式だと聞いていたから、本当の結婚式第一号は自分達の式にしたいって意味を込めてそう言ったらしい。

「じゃあ、奈々は健吾さんとあのガーデンレストランで結婚式を挙げたいって本気で思ってたんだ」

「うん、だってあのガーデンレストラン、ロケーションが最高だもん。私、緑に囲まれた自然の中で結婚式を挙げるのが夢なんだよね～。でも、まさか沙良に先越されるとは思わなかったよ。こんなことならもっと健吾に結婚したいアピールしとくんだった」

残念そうに唇を尖らせる奈々を見て私の不安は一掃された。

奈々も健吾さんと同じ気持ちなんだ。だったらもう迷う必要はない。奈々の為、最高のサプライズ結婚式にしてあげよう。

私は奈々の喜ぶ顔を想像しながらウキウキ気分でチーズケーキを頬張った。

＊　＊　＊

その週の週末、私と奈々は銀座のウェディングドレス専門店に来ていた。

ここは健吾さんの会社と提携しているショップで、今回のサプライズ結婚式の事情も事前に伝えてあるとのこと。なので、店員さんも本当の花嫁が奈々だということは承知している。

十八世紀のパリの古城をイメージして造られたという店内には、煌《きら》びやかな年代物の調度品が並び、その手前に様々なタイプのウェディングドレスが品よくディスプレイされていた。

基本、ドレスはオーダーメイドだが、セミオーダーやレンタルも可能で、海外の有名ブランドも扱っているらしい。

「やっぱさ、沙良は背が高いからプリンセスラインやAラインより、マーメイドラインがいいんじゃない？」

「うん、私もあんまり派手なものより、シックなマーメイドがいいかな」

なんて笑顔で返しつつ、奈々が興味を示すドレスはないかと注意深く観察していた。

しかし私のドレス選びだと思っている奈々はなかなか自分の好みを口にしない。

すると見かねた女性店員さんが笑顔で近付いてきて奈々に猛プッシュを始めた。

「気に入ったドレスがあれば試着できますので、遠慮なさらずにお申し付けくださいー」

それでも奈々は自分には関係ないからと試着を断っている。だが、そこは接客のプロ。今後の参考にと奈々に似合いそうなドレスを勧めていく。

ようやく奈々もその気になり、私達は髪をアップにしてもらってお互い気に入ったドレスを試着することになった。

私はマーメイドラインのビスチェタイプ。体のラインがそのまま出るから少し心配だったが、ドレスと一体になったコルセットのお陰でとても綺麗なシルエットになっている。

大きな姿見に映った自分を見つめ、こんな素敵なドレスを着て黒澤社長と本当の式を挙げることができたらどんなに幸せだろう……と思いふけっていると、試着を手伝ってくれた店員さんがドレスの説明を始める。

「こちらのドレスは最高級のミカドシルクを使用しておりまして、他のシルクでは出せないこの品のある光沢が特徴です。そして裾に広がるレースはイタリア製の手縫いでとても貴重なもの。胸の刺繍《ししゅう》とビーズも職人が三ヶ月かけて丁重に仕上げた一点物になっております」

最高級の一点物なのか……どうりで他のどのドレスより輝いて見えたわけだ。でも、今回の主役は私じゃない。一番輝かなければならないのは、奈々だ。

隣の試着室を覗くと奈々がとろけるような柔らかさを感じさせるジョーゼットのA

ラインドレスを着て微笑んでいた。

「わぁ～、奈々、素敵。そのドレス、凄く似合ってる」

「ヤダ、私はお付き合いで着せてもらっただけだから。沙良こそ、女の私でもうっとりしちゃうくらい綺麗だよ」

　奈々とは中学からの付き合いだけれど、お互いをこんな褒め合った記憶はない。特に奈々は他人に厳しいからあまり人を褒めることはないのだ。

　なので、せっかくだから、一緒に写真を撮ろうということになり、店員さんにお願いしてふたり並んだ姿を撮影してもらった。

「ねぇ、この写真ＳＮＳに上げたら〝いいね〟がいっぱい付くかもよ」

　私がテンション高くそう言うと、奈々の表情が急に険しくなる。

「そんなのダメだよ。黒澤社長に見られたらどうするの？　式当日までどんなドレスを着るか秘密にしておかないと」

「あ、そっか……」

　一応、納得したように頷いてみせたが、実際に式を挙げるのは私じゃない。別に見られてもいいんだけどね……と心の中で呟き苦笑い。

　そして店員さんが撮影を終えたスマホを返してくれたのだけれど、その際、こっそり私の耳元で「おふたりとも試着したドレスでよろしいですね？」と聞いてきた。

一瞬返事に困り、自分が着ている純白のドレスを複雑な気持ちで見つめる。

奈々が最高級のドレスを選ぶのは全然ＯＫだ。寧《むし》ろそうしてもらわないと困る。でも私はサプライズ結婚式をカモフラージュする為に着るドレスなのだから、お手頃な既製品で十分なんだよね……。

けれど、一度袖を通してしまうと他のドレスに目がいかず、黒澤社長にこのドレスを着た姿を見てもらいたいという欲求を抑えることができなかった。

健吾さんには悪いけど、協力するご褒美だと思って許してほしい。

「あの、このドレスなんですが……購入ではなくレンタルでも大丈夫ですか？」

高そうなドレスだし、さすがに買い取りでは申し訳ない。

「はい、もちろんレンタルでも結構です」

「……では、宜しくお願いします」

後ろめたい気持ちは残るが、これでなんとかドレスは決まった。第一のミッションはクリアだ。

そして帰り際、ショップを出ようとしていた私達に店員さんが満面の営業スマイルでパンフレットを手渡してきた。

「こちら、直営店のエステサロンなのですが、ドレスをご予約して頂いたお客様には、ブライダルエステをサービスで受けて頂けることになっております。是非ご利用ください。あ、ご友人の方もどうぞご一緒に」

ショップを出ると奈々は「得しちゃったね」とペロッと舌を出す。

この様子だとエステにも行ってくれそうだ。

こうしてサプライズ結婚式に向け、作戦は着々と進んでいった。

＊　＊　＊

――数日後、再び健吾さんがフィールデザイン事務所に来た。ガーデンレストランのプレオープン当日のスケジュールを確認する為だ。

「レストランに到着したら、私はすぐ花嫁控室に入ればいいんですね？」

「あぁ、スタッフは全員事情を把握しているから心配いらないよ」

健吾さんから渡された当日のスケジュールによると、他の招待客は到着したらまず、メインレストランに案内される。そこでメニューの試食を兼ねた食事会で昼食を済ませた後、エグゼクティブラウンジでクラシックのミニコンサートを楽しんでもらうという流れになっていた。

「で、その後、いよいよ沙良ちゃんと黒澤社長の出番だ」

「招待客が庭を散策している間に私達の写真を撮ってもらってSNSに拡散してもらう……ですよね？」

「あぁ、完璧だ。奈々の驚く顔が目に浮かぶよ」

それまでは絶対に奈々に真実を知られてはいけないと思うと大きなプレッシャーになり、今からドキドキだ。

「沙良ちゃんのお陰で全て順調。作戦通りだよ。気がかりなのは、天気だな……」

そう、最大の問題は当日の天気だ。プレオープンの日は確実に梅雨入りしているだろうし、雨が降ればガーデンウェディングはできなくなる。

「最悪の事態を想定してレストラン内でも式を挙げられるよう準備はしておくが、やはりガーデンウェディングで奈々を喜ばせたいな」

「……ですね」

後は雨が降らないよう祈るしかない。

打ち合わせが無事終わり、健吾さんが今から現地に行くと言うと黒澤社長も工事の進み具合を確認したいので同行すると言い出した。

「では、私も一緒に……」

「いや、特にお前がするような仕事はないから来なくていいよ。それより、今週納品予定のデザインのリストを作っておいてくれ」

「そうですか……分かりました」

私もあのガーデンがどこまで変わったか見てみたかったんだけれど、そう言われてしまったら仕方がない。

そんなわけで、今日のランチは久しぶりにひとり。

黒澤社長と付き合い出してからは、ずっと社長室で食べていたものね。

ちょっと前までコンビニでの私の定番だったホイップデニッシュとキリマンジャロブレンドのコーヒーを買い、事務所に戻ると談話室のドアを開ける。

いつもの窓際のカウンター席が空いているか確かめようと中を覗き込むと、その目的の席に座る三宅さんの姿を見つけた。

あ、三宅さんと会うのも久しぶりだな。

こちらに背を向け座っている三宅さんに声を掛けて隣の席に腰を下ろす。

「あら、沙良ちゃん、暫く見ないうちに綺麗になったんじゃない？」

「ヤダ、三宅さんったら、褒めても何も出ませんよ」

笑顔で華奢な背中をポンと叩くと、三宅さんが真顔で首を振る。

「冗談じゃないって。なんか前と違うんだよね……あ、そうか。口紅だ。そのピンクの口紅！　彼氏が言っていたことは当たっていたようね。凄く似合ってるよ」

「あ……」

その言葉で思い出した。

以前、私はここで三宅さんにピンク系のメイクが似合うか聞いたんだ。そしてもうひとつ。黒澤社長が好きな女性のことを聞きそびれてしまった。

私が黒澤社長の彼女だと疑っていた人物が塔子さんだったと分かった今、その女性が誰なのか、別の意味で気になる。

さり気なくその話題にもっていくと三宅さんはニヤけながら私の脇腹を肘で突いてきた。

「相変わらず鈍感ね」

「へっ？」

「黒澤社長が好きな女性は、沙良ちゃん、あなたよ」

「え、えぇっ？」

どうしてそう思ったのか訊ねてみたら、三宅さんは、そんなの見てれば分かると即答する。

「沙良ちゃんが事務所に入ってすぐの頃、デザイン部に行くと必ず黒澤社長が居て、その視線の先には沙良ちゃんが居たもの」

「そんな前から気付いていたんですか？」

「まぁね、でもまだその時は半信半疑だった。けど、沙良ちゃんがコンペで負けて落ち込んでいた時、あなたを自分の秘書にするって黒澤社長が言ったと聞いて確信したの」

だから三宅さんは私に事務所を辞めずに頑張れと励ましてくれたのか。黒澤社長の気持ちを知っていたから……。

「黒澤社長って仕事ではやり手だけど、不器用なところがあるからね。沙良ちゃんは全くその気持ちに気付いてないようだったし、なんか可哀想になっちゃって……」

見かねた三宅さんは、私が秘書になって暫く経った時、黒澤社長に気持ちを伝えてみればとアドバイスしたことがあったそうだ。

しかし黒澤社長は「色々あってな……」と言葉を濁した後、私には彼氏が居るようだし、その彼氏と別れたら考えると苦笑していたらしい。

「そんなことがあったんですか」

「そう、あれからもう二年。気が長いというか、お気楽というか、こっちがヤキモキしちゃったわよ」

なので、痺れを切らした三宅さんは私が黒澤社長を意識するようわざと意味深なことを言ったのだと眉を下げる。

「慰労会の時、トイレで磯野さんに黒澤社長にとって私は特別な存在……的なことを言ったのは、そういう事情があったから……」

「ええ、やっと分かってもらえたみたいね」

ここまで知っている三宅さんになら全てを話してもいいよね……。

「あの……三宅さん、実は、私と黒澤社長は……」

「付き合っているんでしょ？」

「えっ？　知ってたんですか？」

「黒澤社長から、ちゃんと報告を受けてるよ」

黒澤社長は私と付き合い出してすぐ、三宅さんにそのことを話していた。

「私が気に掛けているって知っていたからでしょうね。突然総務に来て付き合うことになったからって、恥ずかしそうに、でも、とっても嬉しそうに報告してくれたわ」

恥ずかしそうに、でも、とっても嬉しそう……。

その姿を想像すると胸がほんわり温かくなり、頬が緩む。

「沙良ちゃん、黒澤社長はいい人だよ。彼と幸せになりなさい」

三宅さんの言葉が深く心に染み渡り幸せを噛み締めながら大きく頷く。でもその直後、三宅さんの表情が曇る。

「……ただね、磯野さん……あの娘には気を付けた方がいい」

三宅さんは磯野さんが朝早く出社して社長室に入り浸っていることを知っているんだ。

「彼女のことなら分かってます。でも、事務所では私達が付き合っているってことは内緒にしてるから、ハッキリ言えなくて……それに、どういうわけか黒澤社長は磯野さんを気に入っていて好きにさせているみたいなんです」

「そっか……」

私がため息をつくと三宅さんも大きく息を吐く。

「実はね、あの慰労会の後、改めて磯野さんに、黒澤社長のことは諦めた方がいいって言ったのよ」

三宅さんは磯野さんのことを思って忠告したのだが、磯野さんはそれ以来、三宅さんを完全に無視しているそうだ。そしてその日以降、総務部で色々あったのだと眉を顰める。

「朝、出勤すると前日まで私のデスクの上にあった領収書がなくなっていたり、登録していたクライアントの電話番号が全て消去されていたりと、妙なことが続いてね」

不思議に思っていたら、たまたま早く出社したデザイン部の社員が、磯野さんが誰も居ない総務部から出て来るのを見たと教えてくれたそうだ。

「ということは、磯野さんが犯人？」

「現場を見たわけじゃないからね、総務部に居たってだけで証拠もないし、でも、限りなく黒に近いグレーね」

その後も三宅さんは珍しく語気を荒らげ、とにかく磯野さんには注意しなさいと繰り返す。

こんな三宅さん初めて見た。だからなのか、なんだか急に不安になり、磯野さんに対する不信感が大きくなっていった。

＊　＊　＊

――その日の夜……。

お昼に三宅さんとあんな話をしたせいか、とても嫌な夢を見た。

場所は社長室、まだ社員が誰も出社していない早朝。ドアを開けて入ってきたのは磯野さんだった。

彼女に気付いた黒澤社長が優しく微笑み手を差し出すと、磯野さんは迷うことなくその手を握り、いつか黒澤社長が私に見習えと言った可愛らしい笑顔で彼の頬に手を添える。

『……隼人さん、やっと邪魔者が居なくなったね』

『あぁ、そうだな。生意気な新垣より可愛い笑顔のお前がいい……』

『ヤダ、そんなに見つめられたら……私……』

普段の磯野さんからは想像もできないほど色っぽく甘い声……。

暫く見つめ合っていたふたりは引き付けられるように顔を近付け、そしてキスをした。激しく濃厚なキスを――。

そこで目が覚めたのだが、夢だと分かった後も体は固まったまま、呼吸は荒く乱れ心臓は破裂しそうなくらい大きく高鳴っていた。

あまりにもリアルな夢に嫉妬と悲しみが心の中で渦を巻き、どうにかなりそうだった。

気持ちを落ち着かせようとキッチンでミネラルウォーターを飲むが、高ぶった気持ちは静まらず、ベッドに戻ってもなかなか寝付けない。

それでも暫くするとやんわりと眠気を感じ瞼が重くなってくる。そのまま意識を手放すと今度は広い会場で壇上を見上げている自分が現れた。

見覚えのあるシャンデリア。そしてこの雰囲気……これは、二年前のコンペの最終選考の場面？　いや、あの時とは何かが違う。

その違いがなんなのか、探りながら視線を上げれば、壇上に掲げられたパネルが目に留まる。そのパネルには『株式会社エルフ化粧品　ロゴデザイン最終選考発表会』の文字が……。

あぁ、そうか。今日はエルフのロゴデザインの発表の日なんだ。

そう思った時、会場内に女性司会者の声が響き渡った。呼ばれた名前は私ではなく、二年前と同じ名前。

嘘……そんなはずは……。

愕然と立ち竦む私の前にいつの間にか立っていたのは、塔子さん。彼女は高笑いをし、私を指差し言う。

『今回もまた私の勝ちね。約束通りフィールデザイン事務所は貰うわ』と——。

ダメ、そんなの絶対にダメ！

私は会場に居るはずの黒澤社長を必死に探す。でも、どこを探しても見当たらない。何度も何度も声が嗄《か》れるくらいに黒澤社長の名を呼び続け、そして叫びながら飛び起きた。その瞬間、見開いた瞳から一筋の涙が零れ落ちる。

……夢？　夢だったの？

視線を揺らす私の全身は汗びっしょりで、意識はまだ夢と現実の間を漂っているようだった。

暫くの間、肩で大きく息をしながら自分の体を抱き締めていると徐々に頭がクリアになってくる。

凄くいやな夢だった。でも、夢でよかった……。

安堵の息を吐き出すも、何か不吉なものを感じ、素直に喜ぶことができなかった。

PARTⅦ　愛するが故の決断

昨夜はあんな夢を見てしまったから殆ど眠れず、メイクのノリは最悪だ。

いつもより早く自宅マンションを出たのは、やはり最初に見た夢のせい。磯野さんがまた社長室に来ているんじゃないかと心配になったから。

駅の改札を抜け速足で事務所に向かって歩いていると不意に肩を叩かれた。

「沙良ちゃん、今日は早いんだな」

「あ、栗林専務。おはようございます」

まだ人が少ない歩道を並んで歩き出した直後、すり寄ってきた栗林専務が茶化すように聞いてくる。

「隼人と仲良くやってる？」

「まあ……」

黒澤社長との間に問題などなかったけれど、昨夜の夢が思い出され曖昧な返事になってしまう。

「なんだよ。付き合い出したばかりなのに、もう喧嘩したのか？」

「そんなんじゃないですよ。関係は良好です」

苦笑しつつ歩く速度を速めると、私に歩調を合わせスピードを上げた栗林専務が意外なことを言ってきた。

「隼人に聞いたよ。エルフ化粧品のロゴデザインの件で賭けをしたそうだな」

「黒澤社長、栗林専務に話したんですか……」

知っているなら相談に乗ってもらおうと、不安な思いを語る。

「私のロゴがコンペで採用されなかったら事務所の経営権を渡すだなんて、そんな無謀な賭けをして本当に大丈夫なんでしょうか？」

あのコンペの夢のせいで私は完全にネガティブになっていた。

「心配か？」

「当たり前です！　負けたらフィールデザイン事務所はあの女性のものになってしまうんですよ。そんなことになったら黒澤社長は全てを失ってしまう」

つい声を荒らげてしまい、慌てて口を押さえ辺りを見渡す。そして周りにフィールデザイン事務所の社員が居ないことを確認すると更に続けた。

「もし、そうなったら、黒澤社長の信頼の厚い栗林専務も事務所には居られないでしょ？　失業しちゃうんですよ？」

しかし栗林専務は私の心配をよそに金髪の髪を撫で上げ、ニコニコ笑っている。

「悪いけど、俺は職を失う心配なんてしてないよ。寧ろ発表が楽しみでワクワクしてる」

今の仕事も専務という地位もなくなってしまうかもしれないのに、よくこんな風に平然としていられるなぁ。

「もしかして……栗林専務ってMですか？」

「ハハハ……バレた？」

冗談で言ったつもりだったのに、あっさりと認めた。

本当にそうなのだろうかと栗林専務にじとっとした視線を向けるが、彼はいつもと変わらぬ笑顔で鼻唄を歌っている。

そんな緊張感のない栗林専務と事務所に入ったところで別れ、私は社長室に直行した。

いつもより一時間以上早く出社したから途中のＩＣデザイン部にはまだ社員の姿はない。

ゴクリと生唾を飲み込み社長室のドアをそっと開けて室内を覗くと、デスクに座っている黒澤社長とガッツリ目が合ってしまった。

「おい、コソコソと何やってんだ？」

「あ……別に何も……」

どうやら磯野さんは居ないようだ。

ホッとしたのと同時に、やはりあれはただの夢なのだと安堵の笑みが漏れる。

「お前がこんな早く出社してくるなんて珍しいな。なんかあったのか？」

安心したということもあり、ついあの忌々しい夢の内容を喋ってしまった。

「はぁ？　俺がここで磯野とキスしてた？」

「はい。ただのキスじゃありません。凄く激しくて濃厚なキスでした」

黒澤社長にしてみれば、私が勝手に見た夢で責められるのはさぞ不本意だろう。

それが分かっていても、ついやり場のない気持ちを黒澤社長にぶつけてしまう。

すると、彼がニンマリと怪しく笑った。

「でも、なんだな。そうやってお前に嫉妬されるのも悪くない。それだけ俺に惚れてるってことだからな」

「ぐっ……」

悔しいけど、その通りだ。私は磯野さんに激しく嫉妬している。

痛いところを突かれ反論できないでいると、突然黒澤社長が手を差し出してきた。

「夢の中で磯野が俺にどんなキスしたか、ここで再現してみてくれ」

「えっ……」

「いや、違うな。再現じゃなく、磯野よりもっと激しく濃厚なキスをしてみろ。そうすれば、その嫉妬も収まるだろ？」

とんでもない提案だったけれど、私は言われるまま差し出された手を握り、夢の中で磯野さんがしたのと同じようにもう片方の手を黒澤社長の頬に添える。そして整った彼の顔に向かって腰を折り瞼を閉じた。

でも、唇が触れる直前、ふと我に返り慌てて体を起こす。

「んっ？　どうした？」

「ダメです。職場でこんなことできません」

「まだ始業時間前だけど？　それに、前に一度ここでキスしたろ？」

「あ、あれは、ご褒美で……私の中では例外中の例外です」

勝手な理由をつけ、前回のキスを正当化しようとしたが全く説得力がない。それでも、仕事にプライベートを持ち込まないというポリシーは貫きたかった。

「事務所では今まで通り社長と秘書でお願いします」

けれど、本心は……夢の中の磯野さんより激しいキスをして心の中で燻っているモヤモヤを解消したかった。

そんな複雑な心境の私をデスクに肩肘をついて見上げていた黒澤社長だったが、急に眉頭を寄せ不満そうな顔をする。

「社長としては、その仕事に対する姿勢を高く評価するが、ひとりの男としては、お預けをくらったみたいで非常に不愉快だな」

ってことは、黒澤社長もキスしたかったってこと？

ついさっきまでやり場のない嫉妬で悶々としていたのに、黒澤社長のちょっとした言葉で心が浮き立つ。

「心配するな。俺がキスしたいと思う女は沙良だけだ」

なんて言われたら、夢如《ごと》きでモヤモヤしていた自分がバカみたいだと思えてくる。

だらしのなく緩んでしまった表情を見られたくなくてトイレに立ったのだが、廊下を歩いていても緩み切った顔はなかなか元には戻らない。

そのまま浮足立った状態でトイレのドアの前まで来た時、背後に人の気配がして振り返ると……。

「い、磯野さん……」

「新垣さん、おはようございます」

人懐っこい笑顔で近付いて来る磯野さんを警戒しながら凝視すると、彼女は更に口角を上げ、大きな瞳をより大きく見開く。

「今朝は早いんですね。他の社員が出社するまで黒澤社長と社長室でデートですか？」

「えっ？」

「いい大人なんですから、場所をわきまえてください。職場でそんなことされると迷惑です」

挑発するようなことを言っているにも拘《かかわ》らず、決して笑顔を絶やさない磯野さんに得体の知れぬ恐怖を感じた。

「変なこと言わないでくれる？　私と黒澤社長はそんな関係じゃないわよ」

「あら、じゃあ、栗林専務と話していたのはなんだったんですか？」

「えっ……」

思い当たることがあるだけに言葉を失い激しく狼狽する。

嘘……さっきの栗林専務との会話、聞かれてたの？　でも、周りを見ても知っている顔はなかった。もちろん磯野さんも居なかったはず。

「周りを確認する時は、もっと注意深く見た方がいいですよ」

「あ……」

確かにあの時、私のすぐ後ろを背が高くて恰幅《かっぷく》のいい男性が歩いていた。小柄な磯野さんがその人の後ろに居たら隠れて見えなかったかも。

徐々に不安になる私に磯野さんは微笑みながらとどめを刺す。

「全部聞かせてもらいましたよ。新垣さんが黒澤社長と付き合っていることも、新垣さんのロゴデザインがコンペで選ばれなかったらフィールデザイン事務所が誰かに取られちゃうってことも」

全て事実。磯野さんは本当に全部聞いていたんだ。

最悪な事態に顔が強張り背中に冷たいものが走る。

どうすればいい？　とにかく否定して知らんぷりした方がいい？　ううん、ここまでバレてしまったんだ。変に誤魔化すより素直に認めて口止めをした方がいいか……。

「磯野さん、お願い……そのことは口外しないで欲しいの」

縋るような目で磯野さんを見つめると彼女は意外にも素直にコクリと頷いた。

「いいですよ。事務所の皆には内緒で」

三宅さんから忠告を受けた後にあんな夢を見たから、磯野さんのことを警戒していたけれど、意外といい娘なのかもしれない。

安堵の息を吐き、もう一度、誰にも言わないでと念を押したのだが、磯野さんから全く予想していなかった言葉が返ってきた。

「誰にも言わない代わりに、黒澤社長と別れてくれますか？」

「……え？」

「聞こえなかった？　だったらもう一回、言ってあげます。黒澤社長と別れて。そして事務所も辞めて」

「磯野さん、あなた……何言ってるの？」

彼女の顔にはもうあの微笑みはなかった。眼光鋭く私を睨みジリジリと迫って来る。

「黒澤社長の周りをウロチョロする新垣さんが邪魔なの。ホント、うっとおしい」

さすがにここまで言われたら私も黙ってはいられない。

「自分が何を言ってるか分かってるの？　まるで駄々っ子ね」

負けじと睨み返すも、磯野さんは全く動じず、視線を逸らそうともしない。

「じゃあ、もうひとつ。いいこと教えてあげる。エルフ化粧品の常務はね、私の伯父さんなの」

「おじ……さん？」

磯野さんは驚く私を壁際まで追い詰め、今度は凍り付くような冷笑を浮かべた。

「それ、どういう意味か分かりますよね？　私が伯父さんに頼めば、新垣さんのロゴデザインを不採用にすることだってできる」

その言葉を聞いた瞬間、全身の血が引いていくのを感じた。

「私を……脅してるの？」

「そう。フィールデザイン事務所を人手に渡したくないなら、新垣さんは黒澤社長と別れて事務所を辞めるしかないの」

私に他の選択肢は存在しない——磯野さんはそう言いたいのだろうが、彼女は大事なことを忘れている。

「事務所が他人のものになったら、磯野さんの大好きな黒澤社長はここには居られなくなる。会社も仕事も失うことになるの。あなたは一番大切な人から全てを奪うつもり？」

磯野さんの良心に訴え身勝手な考えを改めてもらおうとした。でも、彼女は顔色ひとつ変えず蔑むような目で私を見る。

「ホントはそうなってくれた方が都合がいいの」

「都合がいいって、それ、どういう意味？」

「だって黒澤社長が全てを失ったら、今以上のモノを私が与えてあげられるもの」

磯野さんは私が思っていたよりもずっと、したたかで計算高い娘だった。

磯野さんの父親は、社名を聞けば誰もが知る有名な建築設計会社の社長で、その社長が最近、力を入れ取り組んでいるのが設計後の内装や空間デザイン。

今は他のデザイン事務所と業務提携しているが、将来的には自社にデザイン部門を新設することになっているのだと。

つまり、黒澤社長がフィールデザイン事務所を失えば、自分の父親の会社に引っ張ることができる。磯野さんはそう考えていたんだ。

「私ね、ひとりっ子なの。もし私と黒澤社長が結婚すれば、パパの会社は黒澤社長のもの。悪い話じゃないでしょ?」

「磯野さん、あなた、本気でそんなことを……」

「もちろん本気よ。私的には新垣さんが黒澤社長と別れたくないって言ってくれた方が計画がスムーズに進むからそっちの方がいいんだけど、あくまでもこれは最終手段。私だって黒澤社長がこの事務所を失って悲しむ姿は見たくないもの」

全ては私次第。でも、どんな選択をしたとしても私を待っているのは最悪な結果しかない。

三宅さんの心配が現実のものになってしまった……。

悔しくて強く唇を噛むと磯野さんが私の顔の前で人差し指を突き立てた。

「期限は一週間。もしそれまでに新垣さんが答えを出さなかったら、伯父さんに言って新垣さんのロゴを不採用にしてもらう。あ、それと、このことを他の誰かに喋ったらその時点でアウト。即伯父さんに話すから」

「ちょ、ちょっと待って」

しかし磯野さんは私の手を振り払い、不敵な笑みを残し去って行った。

ひとり残された私は途方に暮れ、暫くその場から動くことができなかった。

＊　＊　＊

それからというもの、寝ても覚めてもそのことばかり考えていた。

初めて本当に好きになった黒澤社長とやっと付き合うことができたのに、別れるなんて絶対にイヤ。でも、その想いを貫けば、フィールデザイン事務所は塔子さんのものになってしまう。それはもっとイヤ。

堂々巡りで答えが出ず、精神的に追い詰められていく。

夜は殆ど眠れず、食欲もない。しかしそんな状態でも誰にも相談できなかったのは、怖かったから。

磯野さんが去り際に言った『他の誰かに喋ったらその時点でアウト。即伯父さんに話すから』という言葉が耳に残って離れない。

でも、そろそろ限界。ひとりで抱え切れなくなった私は奈々に相談しようと決め、ブライダルエステに一緒に行った時に全てを話そうとした。

仕事に関係のない奈々になら話しても磯野さんにバレることはないと思ったからだ。

でも、磯野さんの名前が喉まで出掛かった時、ハッとする。

普段の奈々はどこか冷めていてわりとクールだけれど、納得いかないことがあったり、理不尽な扱いを受けると相手が誰であっても容赦しない。

高校時代、成績がいい子ばかりをひいきしていた先生と大喧嘩をして生徒指導部に立てこもり大騒動になったことがあったし、最近では、勤めている商社で後輩の女性社員にセクハラした上司の部長を辞任に追い込んだ……なんてこともあった。

磯野さんのことを奈々が知ったら絶対ブチ切れる。そうなったら何をするか私にも予想不可能だ。

事務所に乗り込んで来ることだって大いにあり得る。そんなことになったら、もう取り返しがつかない。だから結局、私は奈々に何も言えなかった。

それは黒澤社長に対しても同じ。彼が磯野さんの脅しを知れば、きっと黙ってはいないだろう。黒澤社長に知られたことで磯野さんがやけくそになってエルフの常務に私のロゴを落選させるよう頼んだら……終わりだ。

だから黒澤社長の前ではあえて明るく振る舞い苦しい胸の内を悟られないようにしていた。

そして磯野さんが期限だと言った日まで後三日と迫った日のお昼前。デリバリーした老舗蕎麦屋《そばや》の鴨南蛮蕎麦《かもなんばん》が届くのを待っていると、あのレジャーホテルのオーナーから電話がかかってきた。

なんでも、ホテルに入れる家具を全てイタリア製に統一するそうで、今輸入業者が来て相談しているらしい。

「それで、黒澤社長にも確認して欲しいと？」

「そういうことだ。配置する家具で部屋のイメージは大きく変わるからな」

「すぐ出るんですか？」

「あぁ、久しぶりに清水庵《しみずあん》の鴨南蛮蕎麦にしたのに、仕方ないな」

でも、私が二杯も食べられないと言うと黒澤社長は少し考え誰かに電話をかけ始めた。

「あ、創か？　お前、鴨南蛮蕎麦食わないか？」

ということで、黒澤社長と入れ違いに栗林専務が社長室にやって来てふたりして届いた鴨南蛮蕎麦をすする。

「清水庵はいつも激混みだから最近は全然食ってなかったんだよ。今日はラッキーだ」

幸せそうに鴨南蛮を頬張る栗林専務に少しだけ笑顔を向け無言で黙々と食べていたら、箸を置いた栗林専務が大げさに咳払いをした。

「まだ、コンペのこと気にしてるのか？」

「まぁ……」

曖昧な返事をして誤魔化したけれど、実際は気にしているというレベルじゃない。

私の答え次第でコンペの結果は大きく左右される。ここ数日は寝ても覚めてもコンペのことしか考えてない。

でも、悩ましいのは、たとえ私が磯野さんの提案を受け入れ黒澤社長と別れて事務所を去ったとしても、コンペで勝てるという保証はないということだ。

けれど、フィールデザイン事務所を手放さずに済むという可能性は残る。

だったらその可能性に賭けるしかないのかな……。

自然に漏れるため息が食欲を低下させ、半分ほど食べたところで胸が詰まって箸が止まる。

「なぁ、沙良ちゃん、隼人のこと信じてやれよ」

その言葉に弾かれるように顔を上げると栗林専務が遣る瀬ない表情で私を見つめていた。

「アイツ、沙良ちゃんのロゴデザインは必ず選ばれるって信じてあんな賭けをしたんだ。だから沙良ちゃんも隼人のこと信じてやってくれ」

「栗林専務……」

以前、この話をした時とは打って変わって真剣な眼差し。

そして栗林専務は熱いお茶を一口飲み、黒澤社長がフィールデザイン事務所を引き継いだ時のことを話してくれた。

――黒澤社長のお父さんが亡くなり、塔子さんに事務所の経営権を渡すよう迫られた時、黒澤社長は塔子さんとの関わりを絶つ為に経営権を渡すつもりでいた。だが、叔母さんに諭され事務所を継ぐ決意をする。

ここまでは私も黒澤社長から聞いて知っていたけれど、叔母さんとどんな話をしたかは聞いていなかった。

「隼人がイギリスから帰国した時、親父さんは既に昏睡《こんすい》状態で話すことはできなかったそうだ。でも、倒れる数ヶ月前、自分の気持ちをその叔母さんに伝えていたんだ」

　その気持ちとは、息子である黒澤社長への思いと亡き前妻への懺悔《ざんげ》。そしてお父さんは塔子さんと再婚したことを後悔していた。

　お父さんが塔子さんと再婚した理由は、前妻の若い頃によく似ていたから。

　フィールデザイン事務所でデザイナーとして働いていた時の塔子さんははつらつとしていて後輩の面倒見がよく、そんなところも前妻と似ていた。

　しかし結婚した途端、その性格は一変する。

　お父さんの知らないところで社員を召使のように使いやりたい放題。そのうち人事や経営にも口を出すようになり、自分を事務所の後継者にしろと言い出した。

「隼人の親父さんは、デザイナーになった時から将来は独立して自分の事務所を持つのが夢だったらしい。でも、結婚して隼人が生まれると家族の為、もう冒険はできないと独立は諦めていた。そんな親父さんに独立を勧めたのが亡くなった隼人のお袋さんだったそうだ」

　黒澤社長のお母さんは独身時代に貯《た》めた貯金と自分の親から相続した遺産を全てお父さんに渡し、これを独立資金にしてデザイン事務所を立ち上げてほしいとお父さんの背中を押した。

そして眠る黒澤社長の頬を撫でながら、将来この子が父親と同じデザインの道に進むことがあれば、事務所を継いでほしい。そう言ったそうだ。

「だから黒澤社長は事務所の経営権をあの女性に渡さなかった……」

「あぁ、隼人は叔母さんからその話を聞くまで、亡くなった自分の母親がそんな夢を持っていたことも、フィールデザイン事務所の設立資金を出していたってことも知らなかったんだ」

そういう理由があったから、黒澤社長は何があっても事務所を手放さず守り続けてきたんだ。言わば、フィールデザイン事務所はご両親の想いが詰まった形見。

「隼人がこの事務所を継ぐことになって俺に手伝ってほしいと言ってきた時、この話を聞いたんだ」

当時、栗林専務は別のデザイン事務に勤めていたが、必死に頭を下げる黒澤社長の姿を見ていられず、フィールデザイン事務所に行くことを決断したそうだ。

「なのに隼人は、そこまで大切に思っているフィールデザイン事務所を賭けて親父さんの前妻と勝負することを選んだ。それがどういうことか、沙良ちゃん、分かるか？」

「……私のロゴデザインが必ず選ばれるという自信があったから？」

「なんだ、分かってるじゃないか。その通り。隼人は自分が一番大切なものを賭けても負けない自信があったから前妻の挑発に乗ったんだ。だから沙良ちゃんが心配することは何もないんだよ」

栗林専務は私を安心させようとそう言ってくれたのだろうが、それは逆効果だった。そんなに大切なフィールデザイン事務所を塔子さんに渡すわけにはいかない。絶対に渡してはいけないのだという思いが更に強くなっていく。

黒澤社長がどんなに自信があって大丈夫だと思っていたとしても、裏から手を回されれば結果がひっくり返ることだってある。そんなことになったら万事休すだ。

もう私の頭の中には、ひとつの思いしかなかった。

――どんなことがあっても、黒澤社長からフィールデザイン事務所を奪ってはいけない……。

そうなれば、自ずと結論が出る。

昼休みが終わり栗林専務が社長室から出て行くと、私は磯野さんのパソコンに【返事をするから会いたい】とメールを送信した。

そして彼女からの返信を受け取ると黒澤社長のデスクに座り、微かに彼の香りが残る椅子に体を沈め呟く。

「……黒澤社長、私、あなたの為だったらなんだってする。別れることになっても構わない。黒澤社長が幸せなら……それでいい」

心の底からそう思っているのに、どうしてだろう。涙が止まらない――。

＊＊＊

その日の仕事終わり、黒澤社長の誘いを断った私は磯野さんと待ち合わせをしたカフェに向かう。

事務所の人に見られるのを避ける為、駅とは反対方向の事務所から少し離れた店を選んだ。

大通りから一本路地を入ったところにそのカフェはあり、目印だと聞いていた店の前の赤いパラソルが風に吹かれ微かに揺れている。

もう後戻りはできないと自分に言い聞かせ深呼吸をしてドアを押すと、コーヒーの香ばしい香りが漂う店内に磯野さんの姿を見つけた。

壁際の目立たない席に座っていた磯野さんも私に気付いたようで眺めていたスマホをテーブルの上に置き、小首を傾げてニッコリ笑う。

「まだ猶予があったのに意外と早かったですね。で、返事は？」

私が椅子に座る前から返事を催促する磯野さんに苛立ちながらも、平静を装い対面に腰を下ろす。そしておしぼりと水を持ってきてくれた若いウェイトレスの娘がテーブルを離れるのを待って磯野さんの顔を真っすぐ見据えた。

悔しいけど、もうこれしか方法はない。

「……黒澤社長とは別れる。事務所も辞めることにしたから」

「へぇ～そっちを選んだんだ。でも、黒澤社長を悲しませないいい選択ですね」

冗談じゃない。何がいい選択だ。悩み抜いて出した私の決断を軽くとらえないでほしい。

怒りが頂点に達し膝の上で握り締めた手がプルプルと震えた。でも、ここで取り乱してはいけない。

私は黒澤社長から事務所に戻ると連絡が入るまでの二時間、社長室で彼のデスクに突っ伏し、色んなことを考えた。

その中でも絶対に譲れないと思ったのが、一方的に磯野さんの要求を受け入れて別れるのだけはイヤ。せめて別れる日は私自身が決めたい。ということだった。

「……でも、それにはひとつだけ条件がある」

私の突然の申し出に警戒したのか、磯野さんの顔が強張る。

「条件って？」

「私が黒澤社長と別れるのも、事務所を辞めるのも、コンペの発表の後に行われる友人の結婚式が終わってから。どう？　簡単な条件でしょ？」

奈々が結婚式を挙げる前に黒澤社長と別れてしまったら健吾さんが考えたサプライズは成立しなくなる。

奈々が無事式を挙げられるよう……私の分も幸せになってもらいたいから、これだけは何があっても譲れない。

「その条件を私が呑んだら素直に黒澤社長と別れる。そう言いたいわけ？」

「ええ、何か問題ある？」

磯野さんは暫く探るような視線を私に向けていたが、その条件を拒否する理由が思いつかなかったのだろう。静かに頷いた。

「分かった。それでいいよ」

「そう、じゃあ、エルフの常務には余計なことは言わないでね」

「フフフ……もちろん約束は守りますよ。後は新垣さんの実力次第ですね。私もコンペで新垣さんのロゴが選ばれるよう祈ってますから」

そんなこと、これっぽっちも思ってないくせに。

私は乱暴にテーブルの上の伝票を持つと席を立ち、カウンター横のレジへと向かう。

すると背後から磯野さんの甘ったるい声が聞こえてきた。

「新垣さ～ん、ご馳走さまで～す。十日後の最終選考、楽しみにしてますね」

いちいち癇《かん》に障る。

私はその声を無視して怒りに震えながらカフェを後にしたのだが、歩道に足を踏み出した瞬間、ふと以前見たあの夢を思い出す。

まさか、あの悪夢が正夢になるなんて……思ってもいなかった。

＊＊＊

――五日後、フィールデザイン事務所、社長室。

いよいよこの週末の日曜日にコンペの最終選考が行われる。こうやって黒澤社長と一緒に過ごせるのも後五日だ。

決心はしたものの、もう彼の姿を見ることも、その低く通った声を聞くこともないのだと思うと寂しくて、何度も黒澤社長を眺めては泣きそうになる。

「なんだよ。ジッと見て」

「えっ、あっ……すみません」

私の視線に気付いた黒澤社長が不思議そうに首を傾げる姿さえ愛おしくて目頭がジンと熱くなった。

「最近、よくそうやって俺のこと見てるな。それって、見惚れるほど俺がいい男ってことか？」

黒澤社長はいつもの調子でそう言うが、私はいつも通りには振る舞えず、素直に頷く。

だって、その通りだから。許されるならずっと黒澤社長を見ていたい。

「おいおい、そんなあっさり認めるなよ。調子狂うじゃないか。お前、この頃ちょっと変だぞ」

黒澤社長の言葉を聞き流し、まるで何も聞こえなかったような顔をする。でも、心の中では、納得いかない形で別れなくてはならない黒澤社長への想いが日に日に強くなり、その感情を抑えるのに必死だった。

黒澤社長と別れて仕事も辞めたら、私はどうなってしまうんだろう。きっと、想像もできない辛い日々が待っている……そう思うと落ち込まずにはいられない。

切なさに震え静かに視線を落とすと黒澤社長がスーツの上着を持って立ち上がった。

「じゃあ、そろそろ時間だから行ってくる」

「えっ？」

「忘れたのか？　大森物産の社長からランチの誘いがあったから今日は外で飯食うって言ったろ？」

「あ……そうでしたね。すみません」

どんな精神状態でも仕事だけはちゃんとしないと、そう思っていたのに、今の私は完全に抜け殻状態だ。

「熱でもあるんじゃないのか？　調子悪いなら早退してもいいぞ」

心配そうな顔で近付いて来た黒澤社長が私の額に手を当てる。すると彼の手の温もりが私の中に沁み込んできてまた泣きそうになった。

この温もり……忘れないから。

「大丈夫です。少し疲れているだけですから。どうぞ行ってください」

何度も振り返り私を気にしながら黒澤社長が部屋を出て行くと、不甲斐ない自分に苛立ちデスクに拳を振り下ろす。

泣いても何も変わらない。だったら最後まで秘書としてちゃんと責任を果たそう。

自分を叱咤《しった》激励し立ち上がったのだが、その時には既に十二時を回っていた。

近くのカフェにでも行こうと事務所を出たのだけれど、この時間だともう席は空いていないかもしれない。なので、回れ右をしてコンビニに向かう。

だが、不運なことに、そのコンビニで偶然磯野さんと鉢合わせてしまった。

目が合った瞬間、磯野さんは一緒に居たウェブデザイン部の女性社員に「先に事務所に戻っていて」と声を掛け、満面の笑みで近付いてくる。

「新垣さん、いよいよですね」

「まだ五日あるから」

彼女に背を向けホイップデニッシュを手に取るも、磯野さんは構わず話し続ける。

「別れるって分かってて黒澤社長と一緒に居るの辛くないんですか？　どうせ事務所も辞めるんだし、そんな一生懸命仕事しなくても、有給だってあるんだから休んじゃえばいいのに」

「そんなの私の勝手でしょ？　仕事のことまで口出ししないでちょうだい」

「あ～怖い。未練たらしくてみっともないですよ」

その言葉に憤りを感じ、どうしても一言、言ってやりたくなった。

「磯野さんはもう黒澤社長が自分のものになったつもりでいるようだけど、私と別れてもあなたと付き合うとは限らないでしょ？」

しかし磯野さんは平然と私の言葉を笑い飛ばす。

「そんなことないですよ。黒澤社長ね、社員の中で一番笑顔が素敵なのは私だって言ってくれたもの。それに私、黒澤社長と約束したから」

「約束？」

「そっ！　パパの会社との事業提携の話とか、他にも色々と。事業提携の件は黒澤社長、凄く乗り気だったし」

そうなれば、家族ぐるみの付き合いになるから黒澤社長との関わりも多くなり、特別な関係になるのも時間の問題だと自信満々だ。

どこまでポジティブな娘なんだろう。

「そう、じゃあ精々頑張ってね」

強気の言葉を吐き、磯野さんを押し退けてレジに向かったのだが、内心穏やかではなかった。

黒澤社長が磯野さんの笑顔がいいと言っていたのは私も聞いたことがある。それに、特別扱いしているのも事実だ。

コンビニを出るとやり場のない苛立ちに顔が歪み、持っていたレジ袋の持ち手をぎゅっと握り締める。と、その時、近付いてきたヒールの音が背後でピタリと止まった。

「沙良ちゃん、話がある。一緒に来てくれる?」

「み、三宅さん」

三宅さんは鬼のような形相で私の腕を摑み、有無を言わさず近くの公園へと引っ張って行く。そして青葉茂る大木の横まで来ると木漏れ日が揺れるベンチに私を座らせ声を荒らげた。

「さっきの話、どういうこと?」

「三宅さん、私と磯野さんの話聞いていたんだ……」

いつもはお弁当持参の三宅さんだが、今日は寝坊して作る時間がなく、たまたまコンビニに来て偶然私と磯野さんの会話を聞いてしまったとのこと。

「黒澤社長と別れるとか仕事を辞めるとか、いったい何があったの?」

「それは……」

なんだかもうどうでもよくなってきた。

私は磯野さんに脅されていることを三宅さんに話し、自嘲的な笑みを浮かべる。

「せっかく三宅さんが忠告してくれたのに……磯野さんにまんまとしてやられました」

「笑ってる場合じゃないでしょ? 本気で黒澤社長と別れるつもり?」

「えぇ……そうしないと黒澤社長は事務所を手放さなきゃいけなくなる。それだけは絶対に阻止しないと……」

しかし三宅さんは私の一大決心を痛烈に批判し、自分が磯野さんと話すと言い出した。

「ダメです。それだけはやめてください」

三宅さんの気持ちは嬉しかったけど、磯野さんが素直に三宅さんの言うことを聞くとは思えない。

私は三宅さんに縋り付き、何度も頭を下げながらこのことは誰に言わないでほしいと懇願した。

初めは怒りに震え凄い剣幕だった三宅さんも徐々に言葉少なになり、憐《あわ》れむような視線を私に向ける。

「沙良ちゃんは、本当にそれでいいの？」

「……本音を言えば、正直辛いです。でも、私が身を引いて黒澤社長が幸せになるなら……それでいい」

それが本当の愛を教えてくれた黒澤社長にしてあげられる唯一のことだから。

「でも、それは沙良ちゃんの気持ちでしょ？　黒澤社長はどう思うかな？」

黒澤社長の気持ち……。

そよぐ風になびく髪を押さえ、青葉の間から差し込む光に目を細める。

「私が居なくなれば、きっと黒澤社長はすぐに違う女性を好きになりますよ……」

それが磯野さんじゃないことを強く願った。

＊　＊　＊

——コンペ最終選考、二日前。黒澤社長のマンション。

今日は、私の方から彼のマンションに行きたいと言ってここに連れて来てもらった。

明後日の日曜日はエルフ化粧品の最終選考の日だ。だから黒澤社長と一緒に過ごせる週末はこれが最後。時間の許す限り一緒に居たい。

マンションに来る途中、黒澤社長がアラビアータが食べたいと言うのでスーパーに寄り、食材を買って初めての手料理を振る舞う。

「うん、旨《うま》い！　唐辛子がよく効いて俺好みだ。お前、料理上手いな」

「ちゃんと自炊してますからね」

「そうか。それは知らなかった」

少年のような無邪気な笑顔が眩しくて思わず笑みが漏れるも「次は何を作ってもらおうかな？」そう言われると途端に寂しくなる。

これが最初で最後。もう一緒に私の手料理を食べることはないんだ。

切ない気持ちを無理やり笑顔に変え最後の一口を頬張った。

そして食事が終わり後片付けを済ませた私達は場所をソファに移し、古い洋画を観ながら食後のワインを楽しむ。

「明後日の今頃は、きっとお祝いで盛り上がってるぞ」

「えっ？」

「最終選考だよ。忘れてたのか？」

「ヤダ……ちゃんと覚えてますよ」

突然最終選考の話題になり動揺して心臓が跳ね上がる。恐る恐る黒澤社長の表情を盗み見ると心底嬉しそうに呟いた。

「これでやっと、あの女と縁が切れる」

相変わらず黒澤社長は私のロゴデザインが選ばれると信じて疑わない。

栗林専務の話を聞いて納得はしたものの、絶対というわけではない。こんな危ない橋を渡らなくてももっといい方法があったのではと思ってしまう。

「でも、黒澤社長はどうして今まで手を打たなかったんですか？　前社長が書いた念書には事務所の経営権を渡すとは一言も書いていなかったんだし、顧問弁護士に相談すれば簡単に解決できたはずです」

以前から気になっていたことを思い切って聞いてみる。すると黒澤社長はワイングラスを揺らし「そろそろ、いいか……」と独り言のように呟き横目で私を見た。

「それは、お前に知られたくなかったからだ。弁護士に相談すれば、秘書のお前の耳にも入るだろ？」

「塔子さんに脅されていたことを、ですか？」

「それもあるが、二年前のコンペでお前に暴言を吐いたデザイナーと、塔子が同一人物だってことを知られたくなかったんだよ」

二年前、黒澤社長はコンペで採用された作品が塔子さんのデザインしたロゴだと知った時点で、私に暴言を吐いたデザイナーが塔子さんだということを承知していた。

しかし彼はそのことを私に隠していた。

その理由は、当時の私はデザインを含め全てのことから逃げている状態だったので、塔子さんがフィールデザイン事務所に関わりがある人物だということを知れば、事務所を辞めるのではないかと心配していたから。

「沙良にとってあの出来事は、今でも強烈なトラウマとなって心に残っている。その原因を作ったデザイナーが俺の義母だったと分かれば、お前は冷静ではいられないはずだ。おそらく、トラウマを克服することができず、益々デザインから遠ざかっていく。そう思ったんだ……」

黒澤社長は悲痛な面持ちで大きく息を吐き、グラスのワインを飲み干す。

「……四年前、沙良が事務所に面接に来た時、こんな熱量のある娘は珍しいなと思って嬉しかったよ。そしてお前が持参したデザイン画を見て、そのセンスの良さに驚愕した」

この娘は伸びる。そう確信した黒澤社長は、私を大切に育てようと心に決めたのだが、私は僅か二年で挫折し、デザインをすることができなくなってしまった。

「悔しかったよ。お前の才能が埋もれてしまうのが耐えられなかった……」

「だから私を引き止める為に秘書にした……」

「あぁ、お前を俺の秘書にしたのは苦肉の策。あの時の俺は、沙良を引き止めることしか考えていなかったからな。後で三宅さんに酷いことを言い過ぎだって随分叱られたよ」

「そうだったんですか……」

黒澤社長は本当に私のことを真剣に考えてくれていたんだ。

「それともうひとつ。デザイナーだった沙良が俺の秘書になったとあの女が知れば、色々勘ぐってお前を利用しようとするかもしれない。沙良をこんな面倒なことに巻き込みたくなかったんだ。だからお前があの女を俺の彼女だと勘違いしてくれたのは好都合だった」

黒澤社長は私には彼氏が居ると思っていたから、この先、私と付き合うことはないだろうと諦めていた。なので、自分に彼女が居ると誤解されても構わないと思っていたそうだ。

あ、そうか。それが三宅さんに言った〝色々あってな〟だったんだ。

優しい人……本当に黒澤社長は優しい人だ。

「でもな、沙良に彼氏が居ないと分かったら、我慢できなくなった。塔子の件がバレるかもしれないと思っても気持ちを抑えることができなかったんだ。で、結局、こうなってしまったんだがな……だが、付き合い出した後も、できれば塔子の正体だけは沙良に知られたくなかった」

そういう思いがあったから、私が事務所に戻って塔子さんと鉢合わせした時〝なんで来るんだよ〟って不機嫌な顔をしたんだ。

「私のこと、守ろうとしてくれていたんですね。……ありがとう」

そして何も知らず、恨んだりしてごめんなさい。今度は私が黒澤社長を守るから。だから、許してほしい。

黒澤社長を力一杯抱き締めると、その柔らかい唇を奪う。

「あの約束……覚えてますか？」

「んっ？　約束？」

突然キスをされキョトン顔の黒澤社長が仰け反りながら首を傾げた。そんな彼の頬に両手を添え再び唇を押し当てると自分でも驚くほど大胆な言葉を口にする。

「お願い。朝まで……抱いて」

黒澤社長のこと、一生忘れないように、この体にあなたの全てを刻み込んで欲しい。思えば、あの偶然のキスから始まったんだよね。黒澤社長を思い出にしようと必死だったことを覚えている。

あの時は彼女が居る黒澤社長とキスしてしまったことを後悔したけれど、今度こそ後悔しないようあなたとの思い出がほしい。

本気で愛されたという思い出を……。

「どうした？　今日はやけに積極的だな」

私をソファに押し倒した黒澤社長も連鎖反応を起こしたように甘美なフェロモンを漂わせ妖しい眼差しでこちらを見る。

「本当にいいのか？　その発言、撤回するなら今だぞ」

「……しない。撤回なんてしません」

「そうか、じゃあ朝まで沙良を放さないからな。覚悟しろよ」

大きく頷き黒澤社長の首に腕を絡め、せがむように瞼を閉じた瞬間から、私達の甘く長い夜が始まった。

でも、本当は朝までじゃなく、さよならを言うその時まで抱き締めていてほしかった。

＊　＊　＊

まだ虚ろな意識の中、無意識にシーツの上で手を滑らせ温もりを探す。でも、どんなに手を伸ばしても愛しい人の体温は感じられない。

「……黒澤社長？」

やっと瞼を開け上半身を起こすと広いベッドの上に彼の姿はなく、寝室はシンと静まり返っていた。

今、何時だろう？

遮光カーテンで光を遮られた部屋は暗く、夜中なのか朝なのか、それさえも分からない。

昨夜、黒澤社長は宣言通り私を何度も抱いてくれた。

時間が経つのも忘れ夢中で愛し合いお互いを求め合った記憶は鮮明に残っている。

でも、その後、満たされた体が心地いい疲れに包まれた辺りからの記憶がない。

おそらく知らぬ間に眠ってしまったのだろう。

ベッドサイドのデジタル時計を確認すると表示されていた時間は十一時二十分。

「嘘……もうお昼じゃない」

驚き慌てて飛び起きる。でも……。

「あ、着るもの……」

夜通し抱かれた後でも、さすがに裸でリビングに行く勇気はない。昨夜、黒澤社長が脱ぎ捨てたワイシャツを直接肌の上に羽織り、寝室を出てリビングのドアを開けようとした。だが、その時、黒澤社長の声がドアの隙間から聞こえてきたのだ。

そっとリビングを覗くと、黒澤社長がこちらに背を向け電話をしている姿が見える。

「……あぁ、分かってるよ。心配いらないから」

黒澤社長が手にしているのはプライベート用のスマホ。その親しげな口調から、友人、あるいはいとこの宮川瑠奈さんなのかなと思った。

でも、次に黒澤社長が言った「……いよいよ明日だな」という言葉が妙に引っ掛かり眉を寄せる。

明日？　明日と言えば、コンペの最終選考の日じゃない。

「大丈夫だよ。君が打ち合わせ通り進めてくれれば、絶対にバレることはないから」

えっ？　それ、どういうこと？

自分にも関わりのあることかもしれないと思うと気になり、夢中で耳を澄ます。

「……初めに君の提案を聞いた時は驚いたが、今は感謝しているよ。じゃあ、明日、会場で……」

明日、会場でということは、電話の相手はコンペの関係者？　その関係者が黒澤社長にどんな提案を？

そこまで考えてハッとした。

頭に浮かんだのは、磯野さんのあの台詞《せりふ》。

コンビニで私が、黒澤社長と別れても磯野さんと付き合うとは限らないって言った時、彼女は黒澤社長と約束したから大丈夫だと言って笑っていた。

その後すぐ、磯野さんの父親の会社と黒澤社長が事業提携する話になったから聞き流してしまったけれど、黒澤社長と磯野さんの間に何か約束が交わされていたとしたら？

磯野さんは私を脅していた一方で、黒澤社長には、伯父の常務にお願いして私のロゴが選ばれるようにすると約束していたんじゃ……。

「だったら、あの電話の相手は磯野さん？」

でも、黒澤社長がそんな卑怯《ひきょう》なことをするだろうか？

一度は否定したものの、そう考えれば全て納得がいく。

いくら黒澤社長が認めたデザインでも、選ぶのは人間だ。選考委員の好みだってあるし、私がデザインしたもの以上の素晴らしい作品が残っているかもしれない。

少しは不安になってもいいはずなのに、黒澤社長は塔子さんとやっと縁が切れると喜んでいた。それは、絶対に私のロゴが選ばれると分かっていたから……。

「嘘でしょ……」

黒澤社長と磯野さんがこんな形で繋がっていたなんて……。

ショックで体の力が抜け、立っているのが精一杯。

壁にもたれ掛かり呆然としていると足音が近付いてきて目の前のドアが勢いよく開く。そして驚いたように目を見開いた黒澤社長が私を凝視し、探るように聞いてきた。

「いつからそこに居たんだ？」

「あ、今起きたばかりで……」

何も聞いていないふりをして笑顔で答えるが、乱れた気持ちが顔を強張らせる。

私、ちゃんと笑えているだろうか……。

「そうか。そんなところに突っ立っていたから驚いたよ。あ、腹減ってるだろ？　家事代行のおばさんが作ってくれたおかずが冷蔵庫に入っているから好きなの食っていいぞ」

「は、はい……」

盗み聞きしたことはバレずに済んだけれど、ダメだ。黒澤社長の顔をまともに見ることができない。それに、このままここに居たら言わなくてもいいことまで言ってしまいそうで怖い。

「あの、私……帰ります」

「はぁ？　今日は横浜に行って食事するって言ってたよな？　なんで帰るんだ？」

横浜に行きたいと言ったのは私。最後に普通の恋人同士がするようなデートをしてみたかったから。

「ごめんなさい……」

「明日のコンペは？　最終選考はここから一緒に行くんじゃないのか？」

予定では、今日も黒澤社長のマンションに泊まって日曜日の最終選考へは、ふたりで直接会場になっているホテルに行くはずだった。

でも、こんな気持ちのまま一緒には居られない。

「とにかく帰ります。すみません」

黒澤社長の傍に居ることができる時間は限られているのに。本当は一分一秒でも長く一緒に居たいのに。

ただただ虚しくて、理由を聞く黒澤社長の腕を力一杯、振り払う。そして自分の服に着替えるとマンションを飛び出した。

泣きながら緩やかな坂道を全力で駆け下りていると、どんより曇った空から落ちてきた滴がポツリポツリと行く先のアスファルトに小さなシミを作っていく。

私はそのシミを踏み付けながら閑静な住宅街を夢中で走り抜けた。

＊　＊　＊

――その日の夜、奈々から電話がかかってきた。

『なんか声に元気がないねぇ。もしかして、マリッジブルー？』

マリッジブルーか……そうだったらどんなにいいか。

でも、あえて否定はせず、一方的に話す奈々に時折短い言葉を返していた。

『でもさ、結婚式の前にコンペの発表があるんでしょ？　余計なこと言うようだけど、どんな結果になってもそれはそれ。結婚式は全力で楽しまなきゃダメだよ』

奈々は二年前、私がコンペで負けたことが原因でデザイナーを辞めたことを知っているから気にしているのだろう。

「……大丈夫。今回は私のロゴが選ばれるから」

『もぉ～その自信がくせ者なんだって。二年前もそう言って選ばれなかったじゃない。で、暫く立ち直れなかったでしょ？』

「だから、今回は大丈夫なの……」

理由を言うことができないから同じ台詞を繰り返していたのだが、奈々がボソッと呟いた一言に心が大きく揺さぶられた。

『沙良は私のたったひとりの親友なんだから……もうあんな姿……見たくないよ』

奈々は心の底から私のことを心配してくれている。そう思ったとたん涙が堰《せき》を切ったように溢れ出し号泣してしまった。

『沙良……どうしたの？』

驚いた奈々が何度も私の名前を呼んでいたが、何も答えられず子供のように声を上げて泣きじゃくる。

――私はひとりで多くのことを抱え過ぎたのかもしれない。

塔子さんの挑発から始まり、磯野さんの脅し。奈々と健吾さんのサプライズ結婚式に黒澤社長と磯野さんの繋がり。

一度に沢山のことがあり過ぎて私の心は既にキャパオーバー。崩壊寸前だった。

それでもサプライズ結婚式を控えている奈々には何も言えず、ただひたすら嗚咽《おえつ》を繰り返す。

そんな私に奈々が優しく声を掛けてくれた。

『ごめん、仕事のことは口出し無用だね。もう言わないから……』

奈々の慰めの言葉を聞いているうちに冷静さを取り戻し、取り乱したことを後悔する。そしてそうせざるを得なかった黒澤社長の気持ちを慮《おもんぱか》り切なくなった。

黒澤社長も必死なんだ。事務所を守る為、苦渋の選択だったんだよね。

唇を噛み涙を拭うと、奈々の心配そうな声が聞こえてくる。

『お願いだから結婚を辞めるなんて言わないでよ』

「うん、大丈夫。そんなこと言わないから……」

奈々にも余計な心配を掛けてしまった。私がこんな調子じゃサプライズ結婚式も喜べないよね。

だから精一杯の嘘をつく。

「ごめんね。やっぱり私、マリッジブルーなのかも……」

PARTⅧ　幸せのピンクバタフライ

――最終選考、当日……。

朝、目覚めた私は一つ大きく息を吐き、スマホの電源を入れる。

昨夜は奈々との電話が終わった後、すぐにスマホの電源を落としてベッドに潜り込んでしまった。

何も考えたくなかったというのもあったが、一番の理由は、黒澤社長から電話が掛かってきたらどう対処していいか分からなかったからだ。

「今日でお別れなのにね……」

案の定、立ち上がったスマホには、黒澤社長からの着信が四件。そしてメッセージアプリにも未読を知らせる表示があった。

【どうして急に帰ったんだ？　理由くらい言えよ】

そのメッセージの十分後には、私を心配する言葉が並んでいて最後のメッセージは【明日の最終選考は行くんだろ？】だった。

ベッドに座ったまま暫くそのメッセージを眺めていたが、意を決してディスプレイをタップする。

【自宅から直接、会場に向かいます】

そう送信するとまたすぐスマホの電源を落とした。直後、涙が零れ落ち、光を失ったディスプレイの上で弾け散る。

「黒澤社長……私、弱いから……あなたの声を聞いちゃったら冷静ではいられないよ。でも、最終選考には必ず行く……だから、ごめんなさい」

黒澤社長に詫びながら溢れ出る涙を拭い立ち上がったのだけれど、ふと耳に届いた微かな音に反応して慌ててカーテンを開けた。

その瞬間、私の口から落胆の声が漏れる。

「あぁ……雨だ……」

今日は奈々のガーデンウェディングなのに、最悪の天気になってしまった。

恨めしく灰色の空を眺めるも、激しく降り続く雨は止む気配がない。

きっと健吾さんもショックを受けているだろうな。せめて式の間だけでいいから止んでほしい。

そう願いながら出掛ける用意を始める。

最終選考の発表が始まるのは、午前十時だ。

鞄に退職願を忍ばせ少し早めに自宅マンションを出た私は、会場のキャニオンホテルに到着すると真っすぐ発表が行われる朱雀の間に向かう。

しかし会場が近付くにつれ、見覚えのある景色が二年前のコンペの記憶を呼び覚まし、途端に足が重くなる。

憂鬱な気持ちのまま入り口の前で受付を済ませると、受付の女性が造花が付いたネームプレートを私の左胸に付けてくれた。その時、手渡されたのが、最終選考会のプログラムと候補者のプロフィールが載った小冊子。

「候補者の方のお席は最前列にご用意させて頂いております。時間になりましたらアナウンスがありますので会場にお入りください」

「分かりました」

受付の女性に軽く会釈して入り口の横に立ち、黒澤社長が来るのを待つ。

黒澤社長、怒っているかな？　きっと急に帰った理由を聞かれるよね。

言い訳を考えている間もエルフ化粧品の重役と思われる人達やマスコミ関係の人が続々と会場に入って行く。

しかし発表の時間が迫っても黒澤社長は現れなかった。

どうしたんだろう。渋滞しているのかな？　でも、黒澤社長は時間に厳しい人だから、予定があると必ず余裕を持って出掛けるようにしている。こんな大事な時に遅刻なんてするはずがない。

もしや事故にでも遭ったのではと心配になり、スマホを取り出し電源を入れようとした時だった。

六十代前半と思われる恰幅のいい男性が私の前で足を止めネームプレートを食い入るように見つめる。そして顔を上げたと思ったら、怪訝な表情で私を睨み付けた。

「君、フィールデザイン事務所の新垣沙良さんかね?」

「は、はい。新垣です」

エルフの関係者だろうと思い頭を下げたのだが、頭上から思わぬ言葉が降ってきた。

「私はエルフ化粧品の常務。磯野だ」

えっ……この方が磯野さんの伯父さん?

頭を下げたままゴクリと唾を飲み込むと、常務の大きな舌打ちが聞こえてきて心臓が跳ね上がる。

間違いなく常務は怒っている。その怒りの原因は……何?

恐る恐る顔を上げれば、さっきより険しい目で私を睨んでいた。

「君にはプライドというものはないのかね?」

「はい？」

「世間知らずの姪を利用して私に取り入り、自分のロゴデザインを採用してもらおうなどと、そんな姑息《こそく》な真似《まね》をする人間の作品が最終選考に残るとはな」

「えっ……」

やっぱり私の勘は当たっていた。磯野さんは黒澤社長の気を引こうと常務に私の作品が選ばれるよう頼んでいたんだ。でも、常務は姪の頼みでもそんな不正は許せなかった……。

さすが大企業の常務。正しい選択だ。だけど私はそれを認めるわけにはいかない。

「違います。それは何かの間違いです。私は磯野さんにそのようなことは頼んでいません」

「この期に及んでまだしらばくれるのか？」

「本当です。信じてください」

「ほう、君でないなら、いったい誰が姪に頼んだのだろうな？」

その言葉を聞いた瞬間、血の気が引いた。

黒澤社長の名前が出たら全て終わりだ。社長自ら不正に関わったことがバレれば、事務所の未来はない。このままでは全てが無駄になってしまう。

でも、なんとかしなくてはと焦れば焦るほど頭の中が真っ白になり言葉が出てこない。すると常務が冷笑し、吐き捨てるように言った。

「無駄なことをしたものだ」

「えっ？」

「今回の選考には役員は一切、タッチしていない。だから私に取り入ってもなんのメリットもないってことだ。残念だったね」

そして常務は非公開だった最終選考の選出方法を教えてくれた。

その選出方法とは、中間選考で選ばれたロゴの中からエルフの全社員がそれぞれこれだと思う作品に投票して選出されるというものだった。その際、どのデザインが誰のものかは伏せられているので、先入観なく純粋に一番多くの社員に受け入れられた作品が採用される。

なので、いくら役員が勧めたとしても他の社員の賛同が得られなければ採用されることはないのだと。

そうだったのか……だったら私が磯野さんの脅しを無視しても結果は変わらなかったんだ。そして黒澤社長の思惑も外れた……。

落胆する私を残し常務が会場へと入って行くと、最終選考が始まるというアナウンスが聞こえてきた。

「えっ、もうそんな時間？」

黒澤社長、どうして来ないの？　もしかして選出方法を知って勝ち目はないと悟って来るのをやめたとか？　いや、違う。黒澤社長はそんな弱い人じゃない。

様々な思いが心の中で渦巻く中、ギリギリまで入り口で待ったが、ついにタイムオーバー。受付の女性に促されて渋々会場に入る。

会場内にズラリと並んだ椅子は既に関係者とマスコミで埋め尽くされ、壇上には十人ほどのエルフ化粧品の役員が座っていた。しかしなぜか、その中に磯野常務の姿がない。

不思議に思いつつ最前列に向かい一席だけ空いていた右端の候補者用の席に腰を下ろす。そしてスケジュールの確認をしようと受付で渡された小冊子を捲《めく》ったのだが、偶然開いた候補者の紹介ページを見た瞬間、全身に衝撃が走る。

「嘘……塔子さんだ……」

慌てて目だけを動かし確認すると左端の席に塔子さんが座っていた。

塔子さんの作品も最終選考に残ったんだ……そう思った時、あの悪夢を思い出し背筋が凍りつく。

磯野さんの夢が正夢になったってことは、また今回も……。

頭の中で、二年前の苦い思い出と悪夢が交互にフラッシュバックして徐々に呼吸が荒くなっていく。

今すぐにでもこの場から逃げ出したい気分だった。けれど体が硬直して立つこともままならない。ただひたすら自分の体を抱き締め俯くことしかできなかった。

そうこうしていると若い女性司会者が壇上に立ち、エルフ化粧品の創業当時から現在に至るまでの会社の軌跡を説明し始める。それが終わると社長の挨拶。会は滞りなく進んでいく。

そしていよいよ、その時がきた——。

「大変お待たせ致しました。それでは皆様、ステージ上の緞帳《どんちょう》にご注目ください」

緞帳が上がった先にある巨大モニターに、選ばれたロゴマークが映し出されるという演出になっているようだ。

プレッシャーで押し潰されそうな胸を押さえ息を整えていると、突然照明が落とされ同時にスポットライトが壇上を照らす。

会場はシンと静まり返り全員が固唾を呑んでその光を見上げた。

私も汗で湿った手をギュッと握り締め壇上を凝視していたのだけれど、ゆっくり、でも確実に上がっていく緞帳を見ていると恐怖でその手が小刻みに震え出す。とうとう耐えられず固く目を閉じ下を向いてしまった。

その数秒後、割れんばかりの拍手と歓声が上がる。

誰の作品が選ばれたの？　見たい……でも、やっぱり怖い。

現実を受け入れなければと思ってもなかなか勇気が出ず、顔を上げることができないでいると、司会者の弾むような声が会場に響き渡った。

「選出されたロゴマークをデザインされたのは、フィールデザイン事務所の新垣沙良さんです！」

「えっ……」

一瞬、時間が止まったような、そんな感覚だった。

今、私の名前を呼んだよね？

でも、俄かには信じられず、恐々顔を上げると……。

「嘘……私のロゴが……ホントに？」

何度も瞬きを繰り返して壇上を見上げるも、夢を見ているようでピンとこない。

「新垣沙良さん、おめでとうございます。どうぞステージまでお越しください」

司会者の女性と目が合い手を差し出されて、やっとジワジワと実感が湧いてきた。

あぁ……間違いない。私、勝ったんだ。これで黒澤社長はフィールデザイン事務所を手放さなくて済む。よかった。本当によかった……。

全身の力が抜けて涙が溢れ出す。その涙を拭いながらヨタヨタと立ち上がるともうひとつの光が私を捉えた。

更に大きくなる拍手と歓声に感謝の気持ちを込め何度も頭を下げた後、おぼつかない足取りで壇上に上がると、そのタイミングで会場の照明が点灯し、クリアになった視界に人々の優しい笑顔が飛び込んできた。初めて見る光景に思わず息を呑む。

そう、私はずっとこの瞬間を夢見てきたんだ……。

二年越しに見た景色は想像していた以上に感動的だった。

「では、今の感想をお聞かせください」

司会者にマイクを向けられた私は細く長い息を吐き、正直な気持ちを言葉にする。

「当初、私はこのコンペに参加する予定はありませんでした。しかし今は参加することができて本当によかったと思っています。コンペ参加を粘り強く勧め、私に素晴らしい景色を見せてくださった、フィールデザイン事務所の黒澤社長に心より感謝します」

声を震わせ会場を見渡すが、そこにはその気持ちを伝えたい人の姿はない。

黒澤社長、あなたにもこの景色を見てほしかった。

そして司会者から驚きの投票結果が発表されると会場にどよめきが広がる。

なんと、エルフの全社員の約八割が私のデザインに投票してくれていたのだ。

「新垣さんの作品が断トツの一番人気でした」

司会者の言葉に感極まって再び涙が溢れ出し、私の作品に貴重な一票を投じてくれた社員の皆さんひとりひとりに直接お礼を言いたい気分になる。

「それでは、エルフ化粧品の取締役会長から賞状と記念品が贈られます」

現れたのは、車椅子に乗った品のいいおばあさん。

あぁ……この方が会長……。

その女性会長は私の手を取り、慈愛に満ちた優しい瞳で微笑んでいる。

「弊社のことをよく調べられたようですね。素晴らしいロゴデザインをありがとう」

その一言で今までの苦労が全て報われたような、そんな気がした。

続いて最後のプログラム。記者のインタビューが行われたのだが、質問が終わっても黒澤社長は姿を見せず、最終選考は終了。

殆ど人が居なくなったガランとした会場で、私は壇上に掲げられた自分がデザインしたロゴを見つめ、心の中で黒澤社長に語り掛けていた。

黒澤社長、終わっちゃったよ。どうして来てくれなかったの？　私が電話やメッセージを無視したから怒っているの？

やっぱり電話してみようと、握り締めたスマホの電源を入れたのだが、そのタイミングで近付いて来た背の高い男性に声を掛けられた。

「エルフ化粧品、法務部の山田《やまだ》と申します。今から契約書の作成を行いたいのですが、宜しいですか？」

「あ、はい」

黒澤社長への電話を諦め法務部の男性と会場を後にし、別室に向かう。しかしその途中、女性の甲高い声に呼び止められた。

「あ……塔子さん」

塔子さんは私を睨み付けた後、法務部の山田さんに向かって大声で怒鳴る。

「今回の選考結果はどうしても納得がいかないわ！　不正があったんじゃないの？」

「あ、いえ……そんなはずは……」

塔子さんの剣幕に山田さんはタジタジ。後退《あとずさ》りながら顔を引きつらせている。

「もう一度、審査し直してちょうだい！」

塔子さんが自分の鞄を床に叩きつけヒステリックに叫んだ時、背後から「その必要はない」という力強い声が聞こえた。

この声は、常務？

振り返った先に居たのは、やはりエルフの常務だった。しかしそこに居たのは常務ひとりではなく……。

「く、黒澤社長……」

彼の顔を見た途端、熱いものが込み上げてきて言葉に詰まる。

「遅くなってすまない。ちょっと色々あってな」

「色々ってなんですか？　ずっと待ってたんですよ……」

半泣きで黒澤社長に駆け寄るも、後ろから塔子さんの金切り声が追い掛けてくる。

「私、知っているのよ。フィールデザイン事務所に磯野常務の姪が居るってこと。どうせ、皆グルだったんでしょ？　こんな出来レースは無効よ！」

その言葉に私は震え上がり横目で常務の反応を盗み見る。すると常務は眉間に深いシワを刻み塔子さんに向かって問う。

「あなたは選考会で何を聞いていたのかね？　選考はエルフ化粧品の全社員が投票して決定したことだ」

それでも塔子さんは納得いかないと食い下がる。

フィールデザイン事務所を自分のものにできるか否かの瀬戸際だから彼女も必死なのだろう。

「確かにあなたのロゴデザインは化粧品会社を意識した美しいデザインでした。しかしエルフ化粧品が求めていたのは、ただ美しいだけのデザインではない。私はそこに居る新垣さんのロゴデザインを一目見て、迷わず一票を投じた。なぜだか分かるかね？」

塔子さんが激しく首を振ると常務は「六十五年前のことです」と前置きし、静かにその理由を話し出した。

「エルフ化粧品が創業したばかりの頃、発売した化粧品は殆ど売れず、数年は赤字続きでした。そんな時、創業者は孫娘が描いたピンク一色の蝶の絵を見つけ、女性はピンクが好きなのではと思いピンクの口紅を販売しようとした……」

しかし当時の口紅は赤が主流でピンクの口紅は人気がなかった。社内でも反対の意見が多く出たが、創業者はその反対を押し切り〝ピンクバタフライ〟というまだ珍しかったパール入りのピンクの口紅を発売した。

そんな創業者の強引なやり方に上層部から不満の声が上がったが、誰も予想していなかった展開が待っていた。時を同じくして外資系の化粧品会社がピンクの口紅を発売し、マスコミや雑誌業界を巻き込み大キャンペーンを行ったのだ。

その結果、ピンクの口紅は一気に世の中に浸透し、ピンクブームが到来した。

相乗効果でエルフの口紅も飛ぶように売れ〝ピンクバタフライ〟はシリーズ化されて会社は大きな利益を得た。

気をよくした創業者は孫娘が描いたピンクの蝶をベースに会社のロゴを作成したのだが、その一ヶ月後、孫娘は突然の事故でこの世を去る。

創業者は孫娘が残してくれたロゴを彼女の分身だと思い大切に使い続けようと心に決めたのだが、それを快く思わない人物が居た。

孫娘の母親である創業者の娘だ。

娘さんは会社のロゴを見るたび悲しくなると創業者に訴え、僅か二ヶ月でロゴは変更になってしまう。

しかし創業者は亡くなるまでロゴを変更したことを悔やんでいたそうだ。

そして何時《いつ》しかエルフの社内では〝ピンクの蝶〟は幻のロゴマークと言われるようになる。

「しかし悔やんでいたのは創業者だけではなかったのだよ。変更を願い出た娘さんも、長い間、ずっと後悔していた」

娘さんは後に雑誌の対談で苦しい胸の内を吐露している。

悲しさのあまり、一時の感情で形見となるはずだった〝ピンクの蝶〟まで消してしまった。あのロゴを復活することができれば、亡くなった娘も父も喜ぶだろうと――。

「その創業者の娘さんが、エルフ化粧品の現会長です。会長はエルフの入社式で新入社員に必ずこの話をしていました。だから多くの社員が新垣さんのデザインした〝ピンクの蝶〟……いや〝トゥレジャーピンクの蝶〟に投票したんですよ」

塔子さんは放心したように大きく目を見開き、震える声で聞いてきた。

「あなた……知ってたの？　知っててあのデザインを？」

「もちろんです。会長の対談記事を全て読み、幻と言われている〝ピンクの蝶〟も探し出して拝見しました。そして創業者がシリーズ化された〝ピンクバタフライ〟の中で一番気に入っていた色に〝トゥレジャーピンク〟と名付けたのには意味があった。トゥレジャーは〝宝物〟。創業者はお孫さんへの愛を商品名に込めたんです。その全ての情報を頭に入れた上で、真似ではなく私のオリジナルの〝ピンクの蝶〟をデザインしました」

塔子さんが項垂れ崩れ落ちるように座り込むと、今まで黙って事態を静観していた黒澤社長が口を開く。

「新垣の作品が選ばれたのが偶然じゃないってことがこれで分かっただろ？　約束通りフィールデザイン事務所は諦めてもらう」

そして白い封筒を静かに塔子さんの膝の上に置いた。

「親父が書いた念書には、資産の半分をアンタに渡すと書いてあったが、それ以上の金額を用意した。それでもう一度、新たに事務所を設立して自分の力で会社を大きくしていくんだな。最終選考に残るほどの実力があるんだから不可能ではないだろ？」

塔子さんは封筒の中の小切手を確認した後、悔しそうに黒澤社長を睨んだが、立ち上がると何も言わず去って行った。

塔子さんの後ろ姿が見えなくなると、これで全て終わったのだと脱力して天を仰ぐ。が、その直後、常務が私に向かって深々と頭を下げた。

「あのデザインが新垣さんのものだとは知りませんでした。本当に申し訳ないことをした」

「いえ、お気になさらずに……どうぞ頭を上げてください」

しかし常務は頭を下げたまま首を振る。

「実は、他にもまだ新垣さんに謝らなくてはならないことがあるのです」

少しだけ顔を上げた常務が私の後ろに視線を向けると、背後から消え入りそうな小さな声が聞こえてきた。

「……ごめんなさい」

えっ？　この声は、まさか……。

私の後ろに立っていたのは、磯野さんと三宅さんだった。磯野さんは今にも泣き出しそうな顔でシュンとしている。

「どうしてふたりがここに？」

すると三宅さんが肩を窄め「ごめんね。黒澤社長に全部話しちゃった」なんて言うから二度驚いた。

「黒澤社長から姪がしたことを全て聞きました。姪が新垣さんを脅していたとは……本当にお恥ずかしい限りです」

驚いて黒澤社長に目をやると、不機嫌そうな顔で私の頭をポコンと叩く。

「バカなヤツ。なんで黙ってたんだ」

「そ、それは、事務所を守ろうと思って……」

「ったく、三宅さんにこの話を聞いた時、驚いて腰が抜けそうだったぞ」

今朝、黒澤社長がこの会場に向かおうとマンションを出た時、三宅さんから電話がかかってきて磯野さんの企みを聞いたそうだ。

仰天した黒澤社長は三宅さんと合流して磯野さんに会いに行き、彼女を問い詰めた。初めのうちはとぼけて知らぬ存ぜぬだったが、黒澤社長に一喝されるとようやく私を脅していたことを認め、その際、伯父である常務も巻き込んだと白状したので黒澤社長は磯野さんをここに連れて来たのだと。

「既に会場入りしていた常務を呼び出すのはどうかと思ったが、急を要することだったので関係者の方に無理を言って話を通してもらい、会場の外に出て来てもらったんだ」

そうだったのか……だから常務は会場に居なかったんだ。

そして常務に全てを話して磯野さんに謝らせたと言うのだが——なんか妙だ。黒澤社長と磯野さんは私の作品が選ばれるよう手を組んでいたんじゃないの？

そのことを確かめたかったけれど、さすがに常務の前では聞けない。

腑に落ちず悶々としていた私に常務が再び頭を下げる。

「姪には責任を取らせますので、どうか今回だけはお許しください。この子の父親とも相談して、姪はフィールデザイン事務所を辞めさせることにしました」

「磯野さんが事務所を辞める？」

「こんな卑怯なことをしたのですから当然です」

磯野さんには散々嫌なことを言われ憎んだこともあった。でも、子供のように泣きじゃくる姿を見ているとなんだか可哀想になってくる。

「辞めさせるのは、ちょっと厳し過ぎるのでは？」

「いいえ、今まで甘やかした分、これからは父親の会社で一から指導していくつもりです。本人もそれでいいと言っていますのでご心配なく」

常務の決意は固いようだ。磯野さんも反論することなく頷いている。

本人が納得しているなら仕方ないか……。

複雑な気持ちで泣き続ける磯野さんを見つめたのだが、その時、磯野さんの後ろでポツンと取り残されたように棒立ちになっている法務部の山田さんの姿が視界に入り、大事なことを忘れていたことに気付く。

「わわっ！　お待たせしてすみません」

＊＊＊

磯野さんを三宅さんに任せ、無事エルフ化粧品と契約を交わした私と黒澤社長は、次のミッションである奈々のサプライズ結婚式に参加する為、ホテルの地下駐車場を疾走していた。

「早く車に乗れ。あまり時間がないぞ」

「は、はいっ」

慌ただしく黒澤社長の車に乗り込むと奈々達が待つガーデンレストランへと向かう。

地上に出た車は順調に走り出すが、雨はまだ降り続いていた。

私はフロントガラスに打ち付ける雨粒が風圧で震えながら後方へと散っていく様子を眺めながら、ため息混じりに呟く。

「もう来てくれないのかと思った……」

独り言のような小さな声に反応して左隣から「フッ……」と笑う声が聞こえる。

「俺の人生と事務所の未来がかかった大事なコンペだ。行かないわけないだろ？」

本当は黒澤社長が居なくて不安だったと言いたかったけれど、その言葉をグッと呑み込みあの疑問を口にした。

「黒澤社長は磯野さんがしたこと、本当に何も知らなかったんですか？」

「んっ？　それ、どういう意味だ？」

彼が少し怪訝そうな顔をするが、構わず続ける。

「黒澤社長は磯野さんと結託して、エルフの常務に私のデザインしたロゴを選んでもらおうとしたんじゃあ……」

「はぁ？　なんでそうなるんだ？」

「だって黒澤社長、私の作品が必ず選ばれるって自信満々だったじゃないですか。〝ピンクの蝶〟のことを知っていたとしても、断言なんてできないはずです」

静まり返る車内。聞こえるのは窓ガラスを打つ雨の音だけ。

やっぱりそうだったのかとスカートを握り締めると、突然黒澤社長が声を上げて笑い出した。

えっ？　ここ、笑うところじゃないと思うんだけど……。

「そういうことか。お前、俺が磯野を使ってコンペに勝とうとしていたと、そう思っていたのか。で、その根拠は？　お前がそう思った理由を聞かせてくれ」

「それは、昨日の朝の電話です。私が起きた時、黒澤社長は誰かと電話をしていましたよね。あの時、提案に感謝しているとか、打ち合わせ通り進めてくれれば絶対にバレることはないとか、怪しげなこと言ってたじゃないですか」

そして磯野さんひとりに罪を擦《なす》り付け、知らんふりをしている黒澤社長の態度が許せないと本音をぶつけた。

これでもう言い逃れはできないだろうと彼の横顔を覗き見ると……。

「なるほどな。やっぱりあの電話を聞いていたのか」

観念したかと思いきや、なぜか今度は肩を震わせ大爆笑。

「あぁ、笑い過ぎて腹が痛い。お前の推理力はたいしたものだが、残念ながらあの電話の相手は磯野じゃない」

「じゃあ、あの電話の相手はいったい誰だった……」

そこまで言い掛けた時、私のスマホが鳴り出す。

あ、三宅さんからだ。

磯野さんのその後が気になっていたので、黒澤社長との会話は一時中断。慌てて電話に出る。

三宅さんは、泣き止んで落ち着いた磯野さんをタクシーで自宅まで送ったところだそうで、そのまま私達が向かっているガーデンレストランに行くと言う。

「えっ？　どうして三宅さんがガーデンレストランに？」

『あら、黒澤社長に聞いてないの？』

三宅さんの話によると、黒澤社長とふたりで磯野さんの家に向かう途中の車の中で、最終選考が終わったらガーデンレストランのプレオープンで私達が新郎新婦に扮してイベントに参加すると聞き、楽しそうだから自分も行きたいと黒澤社長にお願いしたそうだ。

　で、黒澤社長が健吾さんに連絡をし、了解を得て参加することになったと言うのだが……三宅さんが期待するほど私達の出番は多くないんだけど……。

「私と黒澤社長は招待客にクッキーを配るだけですから、わざわざ来てもらっても見せ場なんてありませんよ」

『えっ、そうなの？　でも、もうそっちに向かってるから……とにかく行くね』

　三宅さんとの電話を終えると私は顔を顰《しか》めて横目で黒澤社長を見た。

「黒澤社長、どうして三宅さんを誘ったんですか？」

「レストランまでタクシーで来るとなると、距離があるから料金は結構な金額になる。

「仕方ないだろ？　三宅さんが来たいって言ったんだ。来るなとは言えないだろ？」

　平然とそう言ってのける黒澤社長に反論しようとしたが、寸前で押し黙った。

　色々言いたいことや、磯野さんのことでまだ聞きたいことはあったけど、奈々を笑顔で祝福してあげたいから今は我慢しよう。

「じゃあ、時間がないからとばすぞ」

　彼がアクセルを踏み込むと車窓の景色が勢いよく雨と一緒に後ろに流れていく。

　雨、止まないな……この様子じゃ、ガーデンウェディングは無理だよね。

心の中でそう呟いた私は鬱々とした気分で空を見上げた。

＊＊＊

急な坂を幾度か曲がりようやく開けた小高い丘に到着した。

駐車場には多くの車が整然と並んでいて、その先には真っ白な英国モダンの建物が見える。

以前来た時はアスファルトが割れ、地面が波打っていたけれど、それも綺麗に整備されていた。

「なんだか見違えました。前とは別のところに来たみたいです」

「その台詞はガーデンを見た時に言ってもらいたいな」

黒澤社長がそう言うってことは、相当自信があるのだろう。

「楽しみにしてます」と微笑み助手席のドアを開けようとしたのだが、その時初めて傘をホテルに忘れてきたことに気付く。

そうだ。地下駐車場から出たから傘のことが全く頭になかった。

「すみません……」

助手席のドアを開けて傘を差し掛けてくれた黒澤社長に恐縮しつつ車を降りると、ふたり並んで歩き出す。

「雨と言えば、前に大雨の中、ずぶ濡れになってお前とコンビニまで走ったことがあったよな」

「あぁ……ありましたね。あの後、黒澤社長が熱を出して大変でした」

苦笑する私の腰に手を回した黒澤社長もバツが悪そうに微かに笑っている。

「でも、熱を出してよかった」

妙なことを言うから思わず目をパチクリさせ彼の顔を覗き見た。

「熱が出てよかっただなんて、黒澤社長って変わってますね」

「そんなことないさ。熱を出したお陰で俺はお前とキスできたんだから」

「なっ、ヤダ……」

あの偶然のキスを思い出し恥ずかしくて肩を窄め下を向くと、黒澤社長が私を引き寄せ歩きながらこめかみに軽くキスをした。

「あっ……」

「濡れるから、もっとこっちに来いよ」

腰を抱く腕に力が籠り、更に強く引き寄せられたのだが、濡れているのは私ではなく黒澤社長の肩。

「黒澤社長、そっちの肩が濡れて……んんっ……」

教えてあげようと指を指した時、不意を突かれ柔らかい唇に言葉を遮られる。

こんなところで突然キスをされ戸惑ってしまったけれど、その甘い誘惑に逆らうことができず、雨の中に佇《たたず》み夢中でつま先を立てる。

そして唇から温もりが離れると黒澤社長は額を合わせ、掠れた声で謝ってきた。

「磯野の件では、お前に辛い思いをさせてしまったな。本当にすまない。このキスはそのお詫びだよ」

「黒澤社長……」

「でも、三宅さんから磯野のことを聞かなかったら、今頃、俺はお前に振られていたかもしれないんだよな」

「だ、だから、あれは……」

弁解しようとした私の頭を黒澤社長がクシャリと撫で「分かってるよ」と優しく微笑む。

そんな彼に、私は改めてさっき聞きそびれたあのことを聞いてみようと思った。

「昨日の朝の電話の相手……あれは誰だったんですか？」

黒澤社長は磯野さんではないと言ったけれど、私はまだ彼の言葉を全て信じたわけではなかった。

どんな答えが返ってきても受け入れるから……だから、お願い。笑って誤魔化すようなことだけはしないで。

しかし彼が口を開きかけた時、またもや邪魔が入る。奈々が私の名前を呼びながら駆け寄って来たのだ。

「もぉ～約束の時間になっても来ないから心配してたんだよ」

「ごめん、ちょっと予想外のことがあって遅くなっちゃった」

「そっか、で、ロゴの最終選考の方はどうだったの？」

私が笑顔で親指を立てると奈々は持っていた傘を放り投げ抱きついてきた。

「やったじゃない！　さすが沙良だね。これでなんの心配もなく式を挙げられる」

奈々は健吾さんの作戦に全く気付いていないようだ。本気で私と黒澤社長の結婚式だと思っている。

こうなったら全力で奈々を驚かしてあげよう。そして奈々の喜ぶ顔を一番近くで見るんだ。

その場面を想像して頬を緩ませていたら、奈々が急に怖い顔をして黒澤社長を睨む。

「黒澤社長、いい？　沙良のこと泣かせたら私が許さないんだから！」

「ハハハ……奈々さんは怖いね。だが、心配しなくても大丈夫だよ。この先、沙良が流すのは喜びの涙だけだから」

「うわっ！　凄い自信。で、めっちゃキザ！」

思っていることをハッキリ口にする奈々と、何を言われても動じない黒澤社長。このふたり、意外と合うかも。でも、なんだろう……この妙な違和感は？

「ほら、早く中に入って用意しないと……」

「う、うん」

奈々に背中を押されスロープを上がり扉を開けると、レストランには珍しく入ってすぐ大きなエントランスが広がっていた。

暖色系の優しい明かりに照らされた室内は外観と同じ白と赤茶色で統一され、床はオフホワイトの大理石だ。

左手にはエグゼクティブラウンジがあり、カウンター奥の棚にズラリと並んだ年代物のボトルは希少なものばかり。この品揃えはお酒好きには堪らないだろう。

そしてラウンジ周りの壁は一面はめ込み式の本棚になっていて、年季が入った洋書が収められている。

まるで英国映画のワンシーンのよう。

「なんだか凄く雰囲気のある空間だね。素敵……」

「でしょ？　私もこのエントランス凄く気に入ってるの。あ、そうそう！　ソファや絵画の配置なんかは黒澤社長のアドバイスなんですってね。健吾のセンスじゃこうはいかないもの」

奈々に褒められ黒澤社長もまんざらでもない様子。そして奈々が次に指差したのが、すぐ右側の重厚なドア。そこがメインレストランなのだと教えてくれた。

「ついさっきレストランで試食会が始まったところ。一時間ほどしたらこのラウンジで三重奏のミニコンサートが行われるの。で、その後はガーデンを散策してもらってふたりの結婚式……って流れになっていたんだけど……」

急に奈々の声が小さくなり、視線が窓の方に向く。

「雨……だね」

「……うん」

「一応、雨でも式が挙げられるよう室内にもチャペルがあるんだけど、やっぱり、ガーデンウェディングがいいよね」

しかしこればっかりはどうしようもない。とにかく今は奈々に変に思われないよう花嫁になりきらなくては……。

奈々に案内され二階に上がった私と黒澤社長はアイコンタクトをして別々の控室のドアを開ける。

「ねぇ、私も沙良の支度手伝いたいんだけど、いい？」

「もちろん！　いいに決まってるじゃない」

奈々の手を引き花嫁控室に入ると、ふたりの女性スタッフが笑顔で迎えてくれた。

控室の窓際には、あの優美なマーメイドスタイルのドレスと長いベールが用意されていて、いかにも私の結婚式って感じだ。

「新垣様ですね。本日は、おめでとうございます」

奈々が居るからか、スタッフの人達も本当の花嫁に接するような態度で対応してくれている。

すぐさまプロの手で入念にメイクが施され、ヘアセットが終わる頃には完全に花嫁になった気分だった。

そして純白のウェディングドレスを身に纏い鏡の前に立つと自然にため息が漏れる。

「素敵……私じゃないみたい」

隣に立った奈々もうっとりした目で鏡の中の私を見つめ熱い息を吐く。

「沙良、とっても綺麗……最高の花嫁だよ」

「ありがとう。奈々……」

でも、その台詞はすぐにお返しするからね。私がこの控室を出れば、奈々は本当の花嫁になるんだよ。きっと、私の何倍も感動するはず。

ワクワクして微笑んだ時、窓際でベールを広げていた女性スタッフが窓の外を指差し叫んだ。

「雨が、雨が止みました！」

控室に居た全員が窓際に駆け寄り外を見つめ歓喜の声を上げる。

「嘘みたい。本当に止んでる」

空を覆っていた灰色の雲が見る見るうちに彼方《かなた》へと流れて行き、真っ青な空と眩《まばゆ》い太陽が顔を覗かせた。

「天気予報では、今日一日、ずっと雨だったんだよ」

そう言った奈々が涙目で私の手をギュッと握り「奇跡ってあるんだね」と声を震わせる。すると控室のドアを凄い勢いでノックする音が聞こえた。

スタッフの女性が慌ててドアを開けると健吾さんが部屋の中に飛び込んで来る。

「ギリギリのところで間に合った。ガーデンウェディングができるぞ！」

私達の元に駆け寄って来た健吾さんが興奮気味にガッツポーズをしたと思ったら、いきなり奈々を抱き締め、私の方に視線を向けた。

――これがサプライズの合図。

「今、招待客の皆さんがガーデンに出たところだ……黒澤社長が一階で待ってるよ」

「分かりました」

短い会話の後、私は女性スタッフに促され控室を出たのだが、一度だけ立ち止まり、振り返って今出てきたドアを見た。そして心の中で健吾さんにエールを送る。

頑張って！　健吾さん。奈々を世界一幸せな花嫁にしてあげて。

女性スタッフに案内されたのは、全面ステンドグラスになっている観音開きのドアの前。その手前にシルバーのタキシードを着た男性の後ろ姿が見える。

「あっ、黒澤社長……」

ゆっくり振り返った彼は一瞬、驚いたように目を見開いたが、すぐにその目を細め眩しそうに私を見つめた。

「見違えたよ。馬子《まご》にも衣裳《いしょう》だな」

「もう！　黒澤社長は一言余計なんですよ」

私達はいつものように睨み合った後、同じタイミングで笑いあった。

相変わらず憎まれ口は健在だ。でも、不思議と腹は立たない。それはきっとタキシード姿の黒澤社長があまりにも素敵だから……。

スーツ姿は見慣れているけれど、事務所に居る時とは全く雰囲気が違う。

立ち姿は惚れ惚れするくらい凜々《りり》しくて、精悍《せいかん》な顔立ちから覗く色素の薄い瞳は清く澄んだ宝石のよう。そして後ろに流した軽くウェーブがかかったダークブラウンの髪はビロードのように艶やかだ。

これが本当の結婚式だったらどんなにいいか……。

「黒澤社長もそのタキシード……よく似合ってます」

素直な気持ちを言葉にした後で恥ずかしくなり、咳払いをして視線を目の前のステンドグラスに移すと色とりどりの硝子の間からスタッフが慌ただしく動いている姿がぼんやり見えた。

「急に晴れたからな、スタッフ総出で式の用意をしてるよ」

てことは、私達の出番は用意が終わった後か……。

しかしただのイベントだと分かっていても、待ち時間があると緊張が増してくる。

喉はカラカラ。寒くもないのに指先は氷のように冷たい。

無意識に手をこすり合わせていたら、黒澤社長が私の手を取り包み込むように握ってくれた。

「黒澤社長の手、温かい……んっ？」

なんだろう？　私の冷えた手よりも更に冷たい何かが指に触れた。

不思議に思い手元に視線を落とした私は息を呑み、自分の指を二度見する。

だって、左手の薬指には大きなダイヤが照明の光を反射して眩い光を放っていたから。

「……これ、イミテーションですよね？」

「バカ！　偽物なわけないだろ」

嘘……本物なの？

その尋常ではないダイヤの大きさにど肝を抜かれ大きく仰け反る。

「でも、どうしてこんな凄い指輪を私に？」

「婚約指輪は結婚式の前に渡さないと意味がないからな」

じゃあ、このダイヤも演出のひとつってこと？

いくらなんでもここまでしなくてもと啞然《あぜん》としていたら、黒澤社長がダイヤの指輪が光る手を握ったまま突然私の前に跪いた。

えっ？　な、何？

黒澤社長の意味不明な行動に目を丸くしていると、彼の口から思わぬ言葉が飛び出す。

「沙良、結婚してくれ……」

それは、ずっと憧れ何より待ち望んでいた言葉──。

でも、それを今言われても困ってしまう。

「ちょ、ちょっと待ってください。新郎新婦になりきるのはいいですが、これはやり過ぎです」

慌てふためく私を跪いたままの黒澤社長がほとほと弱ったという顔で見上げている。

「やれやれ、鈍感も程がある」

「へっ？　鈍感？」

意味が分からず首を傾げたその時、奈々と健吾さんがこちらに歩いて来るのが視界の隅に入り一瞬、笑顔になる。だが、改めて奈々の姿を見た私は愕然として言葉を失った。

奈々はウェディングドレスではなく、淡いブルーのミニドレスを着て憮然《ぶぜん》とした表情で私を睨んでいたのだ。

「奈々、どうしてそんな格好してるの？　あのドレスは？」

まさか、サプライズは失敗？

「もぉ～まだ分かんないの？　花嫁はね、沙良、アンタなんだよ！」

「えっ……」

「サプライズを仕掛けたのは健吾じゃなく、黒澤社長。今日は沙良と黒澤社長の本当の結婚式なの！」

「な、奈々ったら……いきなり何言ってるの？　こんな時に冗談はやめてよ」

私が動揺してしどろもどろになっていると、黒澤社長が呆れたように「はぁ……」と息を吐く。

「あのな、いきなりだからサプライズなんだよ。事前に知っていたらサプライズにならないだろ？」

説得力のある言葉と、奈々と健吾さんが大きく頷く姿を見て、ようやく私はこの状況を理解し「えぇっ！」と絶叫した。

そんな……そんなことって……奈々を驚かそうとサプライズを仕掛けたつもりが、私の方が仕掛けられていたってこと？

その衝撃は驚きという次元を遥かに超え、何も考えられない無の状態。放心して完全に意識を手放していたのだが、黒澤社長に腰を抱かれ引き寄せられると私の意識も引き戻される。

「本当なの？　本当に私と黒澤社長の結婚式なの？」

「あぁ、正真正銘、俺と沙良の結婚式だ」

心地いい低音ボイスが耳に響き、一気に体の力が抜けて行く。

「でも……どうしてこんなことを？」

「それは、沙良の驚く顔が見たかったから。そして沙良を大切に思っている人達がこのサプライズを望んだから……」

微笑んだ黒澤社長がステンドグラスの扉を指差す。

「その人達がお前のウェディングドレス姿が見たいとガーデンで待ってる」

驚いてステンドグラスの隙間から目を凝らしガーデンを覗くと……。

「ええっ！　あれ、お母さんじゃない。嘘、お父さんもお兄ちゃんも居る……」

他にも地元の親戚の人や学生時代の友人など、プレオープンの招待客だと思っていた人達が全て私のよく知る人物だった。

「もっとよく見ろ。あの中にお前が知りたがっていた電話の相手が居るぞ。ほら、髪をアップにした赤いドレスの娘だ」

それは姪っ子の美菜だった。

「今回のサプライズ結婚式を提案したのは彼女だよ。あの電話は、沙良が怪しんでいないか心配した美菜ちゃんが確認の為、かけてきたものだ」

でも、そこで新たな疑問が浮上する。

そもそも、なんで黒澤社長は美菜を知ってるの？　会ったこともないのに、どうやってサプライズ結婚式の計画を立てたのよ？

それは、偶然の出会いから始まったのだと黒澤社長は言う。

黒澤社長がクライアントの社長に誘われ、私の地元にある宮ノ森カントリー倶楽部に行った時、プレーを終えた黒澤社長はクラブハウスのお風呂を利用した。

私に勧められた天然温泉に入ってみようと湯船に浸かると隣に居た男性が声を掛けてきた。

暫くの間、他愛のない話をしていたが、男性に「地元の人ですか？」と質問され東京から来たと答えると、自分の妹も東京のデザイン事務所に勤めていると言ったそうだ。

「まさか……その偶然居合わせた男性って……」

「あぁ、お前のお兄さんだ。お兄さんは俺がお前の勤める事務所の社長だと分かると、妹が世話になっているから是非、家に来て飯でもって誘ってくれたんだ」

そして黒澤社長は私の実家に行き、家族の前で自己紹介をした。すると私から黒澤社長の名前を聞いていた美菜が私の婚約者だとバラしてしまい、実家はちょっとしたパニックになったらしい。

舞い上がった母親が近所の人や親戚を呼び、実家の座敷で飲めや歌えのどんちゃん騒ぎ。まるで盆と正月が一緒に来たような賑わいだったそうだ。

で、酒に酔った父親が黒澤社長の手を握り、私が三十歳になるまでに結婚してやってくれと泣きつくと、イケメンの黒澤社長をすっかり気に入った母親も早く自分の息子になってくれと纏わりついて離れない。

さぞ迷惑だっただろうと思ったのだが……。

「あの時は嬉しかったよ。俺を娘の婿として認めてくれたんだからな。だから俺も決心したんだ。お前の誕生日までに結婚しようと」

「えっ……それで決めちゃったんですか？」

「それだけで十分だろ？　俺はずっと親父とふたりきりの生活だったからな。身内が集まってあんな賑やかで楽しい時間を過ごしたことがなかった。俺もこの人達の身内になりたいって心の底から思ったんだ。中でも沙良のお兄さんの裸踊りは最高だったよ」

ぐっ……お兄ちゃん、ずっと封印していたあの裸踊りやったんだ……でも、あの下品な踊りを最高だと言う黒澤社長の感覚もどうかしている。

「それでお前の家族と結婚式の相談をしていたんだが、その時、美菜ちゃんがお前に内緒でサプライズ結婚式をしようと言い出して、それは面白いということになったんだ」

美菜がそんなこと言うなんて意外だなと思ったけれど、黒澤社長が言うには、一番熱心にプランを立てていたのは美菜だったそうだ。

「でもまぁ、相談をしている間に、皆泥酔してバタバタ倒れて眠ってしまったからな。最後に残ったのは美菜ちゃんと俺だけだった……」

「あ、そういうことですか」

それでも、美菜には感謝の気持ちでいっぱいだ。さすが私の姪っ子。

そして黒澤社長はこっそり式場探しを始めたのだが、六月ということもあり、どこの式場も既に予約が入っていてなかなか決まらない。そこで相談したのが健吾さんだった。

黒澤社長は健吾さんに、このガーデンレストランのプレオープンで模擬結婚式をすると聞いていたので、それを自分達の結婚式に変更してもらえないかと頼んだのだ。

「じゃあ、健吾さんと奈々の結婚式は……」

「悪いね。あれは全部嘘。私達三人で作戦を練った時、私と健吾の結婚式だと思わせた方が沙良に怪しまれないだろうって健吾が言うからさ、そういうことにしたの」

三人で……あぁ、そうか、黒澤社長と奈々があまりにも親しげに話していたから妙だと思っていたけど、ふたりは今日が初対面じゃなかったんだね。

昨日、奈々が電話してきたのも、黒澤社長に頼まれたから。私が理由も言わずマンションを飛び出して行ったので心配になったそうだ。

「私が電話した時、サプライズ結婚式のことは気付いてないようだったけど、なんだか凄くナーバスになってて心配したよ」

「そのナーバスの原因が磯野だったとはな……気付いてやれなくてすまなかった」

黒澤社長は確かに磯野さんからコンペに受かるいい方法があるから自分に任せてくれと言われたことがあったが、磯野さんの伯父がエルフ化粧品の常務だとは知らなかったので軽く受け流し、そんな話をしたことすら忘れていたそうだ。

おそらく黒澤社長の気を引きたかった磯野さんが単独で動き、常務に頼んだのだろう。私の勘は見事に外れていた。黒澤社長と磯野さんは本当になんの関係もなかったんだ。

「でも、健吾さんには完全に騙されました。特にジューンブライドの話をした時は奈々への熱い想いが伝わってきて、あれが演技だなんて全然思わなかったもの」

「あぁ、あれね。あの時は沙良ちゃんに、なんで梅雨の時期にガーデンウェディングをするんだって言われたから誤魔化すのに必死だったんだよ」

三人は大きく頷いているけれど、私はいまいちピンとこない。

「何を誤魔化すのに必死だったんですか？」

今度は三人が顔を見合わせ苦笑い。

「お前、本当に何も気付いていなかったんだな。今日は六月二十六日。明日は何の日だ？」

「明日？　明日は六月二十七日……あぁっ！」

「やっと気付いたようだな」

今日、どうしても式を挙げなければならなかった理由は——明日が私の三十歳の誕生日だから……。

色んなことがあり過ぎて私はあんなに気にしていた三十歳の誕生日をすっかり忘れていたんだ。

「黒澤社長はね、沙良のお父さんとの約束を守る為に、私と健吾が反対するのも聞かずこの日を選んだんだよ」

「木村社長や奈々さんには、雨が降る確率が高いから籍だけ入れて式は梅雨明けにした方がいいって言われたが、俺は賭けに強いからな。絶対に雨は降らないからこの日にしてくれって頼んだんだ」

黒澤社長の無謀な賭けに、思わず苦笑いが漏れる。

「でも、健吾さんや奈々には迷惑かけちゃったね。特に健吾さんには大切なガーデンレストランのプレオープンを私達の結婚式に変更してもらって……」

「ああ、そのことなら大丈夫。本当のプレオープンは一週間後だから。それに、今回の費用とガーデンのデザイン料は全て黒澤社長が持ってくれることになっているんだ。お礼を言わなきゃいけないのはこっちの方だよ」

「えっ、そうなの？」

やっと四人揃って笑うとガーデンに居るスタッフから健吾さんのスマホに式の用意が完了したと連絡が入る。

「じゃあ、ガーデンで待ってるから」

奈々は私にピンクの薔薇《ばら》でできた可愛いブーケを手渡し、健吾さんと去って行く。

「俺達にとってピンクは特別な色……そうだろ？」

「確かにそうですね」

ガーデンで摘んだという薔薇のブーケを抱き締め、そっと視線を上げてみれば、そこには、熱っぽい瞳で私を見つめる彼の顔があった。

「完璧な花嫁だ。そそられるよ……」

その甘い声に頬を染め俯いた時、ふたりの男性スタッフが現れステンドグラスの扉の前に立つ。

「そろそろお時間です。宜しいですか？」

私は黒澤社長の腕に自分の腕を絡め、背筋を伸ばして扉が開くのを待っていたのだが、いよいよだと思うと一気に緊張の波が押し寄せてきて顔が強張る。

するとこの一番大事な場面で黒澤社長がボソッと呟いた。

「ここだけの話だが……」

「えっ？」

まだ何か隠していることがあるのかと目を見開いて黒澤社長の顔を凝視すると……。

「奈々さん達にはあんなこと言ったが、本当は、昨夜、てるてる坊主を作ったんだ」

「はぁ？　てるてる……坊主？」

「あぁ、内心、心配でな、気付いたら十個も作っていた」

黒澤社長が一心不乱にてるてる坊主を作っている姿を想像して思わず噴き出してしまった。

「黒澤社長が作ったのなら、相当クオリティの高いてるてる坊主でしょうね」

私は肩を震わせ彼の顔を覗き込む。

「いい笑顔だ。俺はお前のその笑顔が一番、好きだ」

「あ……」

私が緊張していたから、てるてる坊主の話をして和ませてくれたの？

彼の優しさはいつもさり気ない。だから私は今までその優しさに気付けなかったのかもしれない。

そう思った時、ステンドグラスの扉が左右に大きく開き、日の光が眩しい帯となって室内に流れ込んできた。

一瞬、その眩しさに目が眩むが、徐々に景色が鮮明になってくると、まず目に飛び込んできたのは、どこまでも続く空の青と緑の高麗芝《こうらいしば》。

そして色彩豊かな花々のアーチ。その先には薔薇の蔦《つた》が絡まった銀の十字架があり、周りには今まで私に関わってくれた人々の祝福の笑顔が溢れていた。

既に泣いている両親に満面の笑みの兄家族。惜しみなく拍手を送ってくれている親戚や友人達。そして大きく手を振っているのは、三宅さんと栗林専務だ。

「あぁ……皆、私達の為に……」

感激して泣きそうになる私に黒澤社長が自慢げに言う。

「最高のサプライズだろ?」

間違いなく最高のサプライズだ。けれど、天邪鬼の私はそれを認めるのがちょっぴり悔しくて素直に頷けなかった。

「全て黒澤社長の思い通りになりましたが、大勢の人を巻き込んで私が結婚したくないって言ったらどうするつもりだったんですか?」

「どうするって……そんなこと考えたこともなかったよ」

平然とそう言い放つ黒澤社長に目が点になり、どこまで強気なんだろうと呆れていると、彼が私の最大の弱点をついてくる。

「だってお前は俺に惚れているだろ?」

「ぐっ……」

返り討ちに遭い完敗だと潔く認めて苦笑い。すると私をエスコートして一歩足を踏み出した黒澤社長が前を向いたまま含み笑いで呟いた。

「でも、沙良が俺に惚れているよりも、俺は沙良に惚れているけどな……」

「えっ……」

「俺の可愛い二十九歳と三百六十四日の花嫁さん」

最後の最後まで嫌味を忘れないあっぱれな花婿に、怒りを通り越して笑ってしまった。

「黒澤社長の……バカ」

でも、これが私達なんだよね。

幸せを噛み締め、絡めた腕に体を預けると一頭のモンシロチョウが私達の前をフワリと横切り、薔薇のブーケの上で静かに羽を休める。

その白い羽は太陽の光に反射したステンドグラスの淡い紅色に包まれ、私達の特別な色、トゥレジャーピンクに染まっていた——。

——黒澤社長、あなたはずっと、私の宝物……。

FIN

あとがき

この度は、マーマレード文庫さんでの記念すべき一作目『恋愛指導は社長室で～強引な彼の甘い手ほどき～』を手に取ってくださり、ありがとう御座います。

私の作品は殆どがラブコメでブッ飛んだモノが多く「こんなのあり得ねぇ～」というお言葉を度々頂戴するのですが、今作はコメディ部分は抑え気味に書かせて頂きました。そしていつもは行き当たりばったりで書きながらストーリーを組み立てていくのですが、生まれて初めてプロットを作り、今まで書いた作品の中で最も短い期間で書き上げました（普段は一年近くかかってます。滝汗）。

なので、本作は私の初めてがいっぱい詰まった作品になっております。

作品の内容も、ヒロインが多くの初めてを体験するストーリーでして、三十歳までになんとしても結婚したい。そんな願望を持つ二十九歳の崖っぷち生娘の沙良が恋に仕事に奮闘するお話です。

しっかり者なのに、どこか抜けていて私的には憎めない初心キャラのヒロインと、イジワルだけど、さり気ない優しさでヒロインを見守るヒーローとのすれ違い愛を楽しんで頂けましたら幸いです。

実は、本作を書き上げたのが今年二月でして、その後、未曾有の事態で世の中が一変。そのような大変な時期にも拘らず、出版に向け多くの方に尽力して頂きました。本作に関わってくださいました全ての方々に心より御礼申し上げます。

まず、素敵な作品を書かれている数多くの作家さんが居る中、私に声を掛けてくださったチャレンジャーな担当編集者様、ご連絡を頂いた時は「えっ？　なんで私？」と思わずメールを二度見してしまいました。このような素敵な機会を与えて頂けたことに深く感謝致します。

また、カバーを担当してくださった夜咲《やざき》こん先生、以前から素敵なイラストを描かれる方だなぁと思っていましたので、今作のカバーを描いて頂けると聞いた時はめっちゃテンションが上がり、実際にカバーイラストを拝見した時はイメージ通りのふたりに感激して、ひとりこっそり悶絶していました。

そして最後になりましたが、今回ご縁があって文庫を読んでくださった皆様、本当にありがとう御座いました。またいつかお会いできることを願って……。

沙紋《さもん》みら

マーマレード文庫

恋愛指導は社長室で
~強引な彼の甘い手ほどき~

2020年8月15日　第1刷発行　定価はカバーに表示してあります

著者　沙紋みら　©MIRA SAMON 2020
編集　株式会社エースクリエイター
発行人　鈴木幸辰
発行所　株式会社ハーパーコリンズ・ジャパン
東京都千代田区大手町1-5-1
電話　03-6269-2883（営業）
0570-008091（読者サービス係）
印刷・製本　中央精版印刷株式会社

Printed in Japan ©K.K. HarperCollins Japan 2020
ISBN-978-4-596-41248-5

m a r m a l a d e b u n k o